'Ein blauer Falter über der Rasierklinge'

03/88

Harald Braem

'Ein blauer Falter über der Rasierklinge'

Rogner's Edition

Für Heike

Inhalt

Am Tag, als der Ideenlieferant keinen Einfall hatte 7
Das Experiment 11
Der König von Atlantis 19
Ein blauer Falter über der Rasierklinge 29
Endlösung 33
Allergie 39
Der Zeitnehmer 47
Anton 51
Die Mauer 57
Die Eisqueen 63
Die Traumreise 69
Der Zug der Zehntausend 75
Durst 79
Nebel 85

AM TAG, ALS DER IDEENLIEFERANT KEINEN EINFALL HATTE

Am Tag, als der Ideenlieferant keinen Einfall hatte, stand die Agentur Kopf. Gerade heute hatte man sich so darauf verlassen, von ihm in letzter Minute einen absoluten Knüller zu bekommen. Und nun saß er da, bleich und stumm und schwitzte, und die Mädels holten neuen Kaffee für das Superhirn.
Etatdirektor Maegerlein riß sich die Krawatte runter. Vor Aufregung vergaß er sogar seine heißgeliebte Profilierungsneurose und wurde einmal kollegial. »Mensch, Zander«, beschwor er händeringend, »was ist denn nur mit Ihnen? Sie werden uns doch nicht im Stich lassen, gerade jetzt, wo soviel davon abhängt? Der Kunde kommt in einer Stunde und immer noch fehlt uns der richtige Dreh. Mensch, Zander, sagen Sie was, und wenn's der größte Blödsinn ist!«
Aber Zander schwieg. Man sah ihm an, er rang nach Worten, wollte etwas bringen, aber was da kam, das war nur Röcheln.
»O Gott, Sie sind doch nicht etwa ernsthaft krank?« schrie Unitleiter Böllerer. »Warum haben Sie das nicht vorher angemeldet? Wir hätten den Termin verschieben können. Aber so...« Er sah irritiert und wütend um sich, aber da war niemand, der seinem Blick standzuhalten vermochte. Alle, von der Kontaktassistentin bis zum Art-Direktor schauten betreten zur Seite oder aus dem Fenster, als flöge da im nächsten Moment die Lösung für alle sichtbar vorbei.

Etatdirektor Maegerlein wippte auf den Zehenspitzen. Dann stach sein Oberkörper vor. In Augenhöhe mit dem Zander raunte er sein bisher eindrucksvollstes Bestechungsangebot: »Zander, Mensch, alter Knabe, ich verspreche Ihnen, wenn es klappt, dieses eine Mal noch klappt, kommen Sie mit nach American Home. Drei Wochen Sonderurlaub, jawoll, das nehme ich persönlich auf meine Kappe. Und der Walter unterschreibt, nicht wahr, Walter?« Er sah sich hilfesuchend nach dem Unitleiter um. Und Böllerer, das alte Pokerface, mußte nicken.
Zander schwieg noch immer. Mit halboffenem Karpfenmaul saß er da, blies die Backen auf, schwitzte furchterregend. Aber der Mund blieb stumm, kein Tropfen quoll aus dem Wasserspeier. Der Brunnen war trocken.
Jetzt befiel die Gruppe nackte Angst. Eine Uhr zerhackte die Stille. Art-Direktor Kolbe wollte dezent entweichen, kam aber nicht weit, denn durch die Tür wankte schreckensbleich ein Mediamann. »Der Kunde ist schon da!« »Jetzt heißt es Farbe bekennen«, stammelte Unitleiter Böllerer tonlos. »Zander, ich flehe Sie an; sagen Sie endlich das erlösende Wort!«
Die Kontaktassistentin atmete vor Erregung so heftig, daß ihr die obersten beiden Knöpfe der Bluse wegplatzten. Wie zwei satte, warme Tiere quollen ihre Brüste schwer über den Tisch. Zander starrte stier auf dieses Wunder an Fettgewebe. Ganz langsam, schlafwandlerisch, kam er hoch, streckte die Hände aus, zog die Beine nach, kroch quer über den Konferenztisch auf die prallen Kürbismonde zu. Ungefähr auf halbem Wege ging eine seltsame Veränderung mit ihm vor; er rollte mit den Augen, streckte die Zunge weit hinaus und begann zu

würgen, zu röcheln und schließlich lauthals zu röhren.
Dann brach plötzlich der Damm: in einer gigantischen
Eruption sprengte brutal und inhaltsschwer das Mittagessen aus Zander heraus: Spaghetti carbonara, Pariser
Pfeffersteak mit Pommes Frites und Champignons,
Tomatensalat, Chianti, türkischer Kaffee.
Und nicht nur das – auch der Frust und die Scheiße, die er jahrelang geschluckt hatte. Textfetzen, Seufzer, Flüche und Kalauer polterten in wilden Protuberanzen durch den Raum. Headlines, Latrinenparolen, Gefühlsschleim, Wortaufblähungen, schräge Slogans, Gefasel und Ohrwürmer barsten in Kaskaden. Kurz bevor er zusammenbrach, bäumte sich Zander noch einmal auf und kotzte in einem wahrhaft göttlichen Verbalorgasmus eine Salve buntschillernder Seifenblasen aus. In ihnen schwebte immer das gleiche Wort: »Neu.«
Die Kollegen schnappten es auf, putzten es ab und trugen es eilig zum Kunden. Der Tag war wieder einmal gerettet.

DAS EXPERIMENT

Der Zoo war häßlich wie immer: drei zittrige Elefanten mit eitrigen Augen hoben das Tanzbein und wiegten sich zur Belustigung fetter Kinder. Lebenslange Haft hatte die Bewegungen stumpfsinnig werden lassen und ihren Blick trübe. Nebenan gab es noch ein Robbenpaar und einen Seelöwen, die glitten durchs Bassin und suchten zwischen faulen Bananenschalen und Erdnußkernen ihre toten Brüder. Dem einsamen Kamel hing das Fell in Fetzen vom Bauch. Stumm stand es am Zaun und starrte hinüber, wo einst gravitätisch Giraffen und Große Kudus geschritten waren. Ein Pfau schlug mit letzter Kraft sein Rad und schrie, daß es schaurig widerhallte in den leeren Gehegen rund ums Aquarium.
Der Zoo war krank und altersschwach. Wie die Seelen der Stadtmenschen. Und die Besucher spürten das, schauderten vor ihrem eigenen Spiegelbild und begannen, den Ort zu meiden. Nur Träumer zog er noch an – oder schon wieder –, denn ihnen bot sich hier ein Schauspiel selten tragischer Größe.
Thomas B. liebte diese Symphonie aus Romantik, Morbidität und allgemeiner Untergangsstimmung. Er kam gern hierher und ließ sich anregen. Im Schatten des Bärenkäfigs hatte er seine besten Konzeptionen und Texte zu Papier gebracht.
Zwischen Nilpferdbecken und Affenhaus lag der große See und mitten im See eine Insel, wo im Schilfdickicht die dezimierten Restbestände an japanischen Tauchenten, Graugänsen und zerfledderten Pelikanen Unterschlupf fanden. Diesen See liebte Thomas B. besonders.

Oft blieb er am Ufer stehen und schaute lange gedankenverloren zur Inselwildnis hinüber. Es mußte schön sein, dort zu leben – Robinson im letzten vergessenen Paradies.
Und eines Tages wurde ihm plötzlich klar, wie sich seine geheime Sehnsucht spielerisch leicht verwirklichen ließ. Es war einer von jenen Gedanken, die heftig kommen und mit einem Schlag mehrere Probleme gleichzeitig lösen: Thomas B. würde auf der Insel leben. Und die Zoo-Direktion würde einverstanden sein, denn sie war interessiert daran, den weiter fortschreitenden Zerfall des Tiergartens aufzuhalten und suchte dringend nach einer publikumswirksamen Attraktion.
Ein nackter Mann, ausgestellt auf einer Insel mitten im Zoo – das würde eine solche Attraktion sein. Und zudem noch eine aufmerksamkeitsstarke Sales-Promotion-Aktion abgeben. Denn der Mann würde sich verpflichten, monatelang keinerlei Nahrung zu sich zu nehmen.
Er würde lediglich 3 × täglich, morgens, mittags und abends, ans Ufer treten und vor den Augen der schaulustigen Besucher eine kleine Kapsel Super-Vital-Ginseng – das neue Kraftelixier für Körper und Geist – einnehmen. Ein Werbegag, ja, eine Einmann-Show; aber auch ein Experiment an Körper und Geist. Und der Mann, der zu diesem Risiko bereit war, würde Thomas B. heißen.
So geschah es. Die Sache ging glatt über die Bühne. Kunde und Zoo-Direktion wurden sofort hellwach, als sie die finanzielle Nutzbarkeit der Idee erkannten. Nur die Agentur zögerte, einen so gewinnbringenden Mann freizustellen, machte die üblichen kapitalistischen Einwände und schließlich den Vorschlag, Thomas möge für die Durchführung des Experiments doch seinen Urlaub ver-

wenden. Das war natürlich wieder einmal Ausbeutung par excellence. Aber Thomas hatte andere Pläne. Er wollte sowieso nicht mehr zurück zu der Schwachsinnskompanie, in die halbseiden hektische Scheinwelt, wo künstliche Menschen über künstliche Teppichböden Marathon und kreative Spinnentänze liefen.
Die letzten Tage in der Agentur lächelte Thomas stillvergnügt vor sich hin. Zum erstenmal gelang es ihm, ohne Depressionen zu arbeiten.

Und dann kam die Stunde Null: Rollkommandos fliegender Händler hielten in Bauchläden Super-Vital-Ginseng bereit, Fernsehteams mehrerer Sender richteten die Kameras auf die Uferböschung, clevere Buchmacher durchpflügten wie Haie die wartende Menschenmenge, um Wetten abzuschließen, wie lange der nackte Irre auf der Insel es ohne Essen aushalten würde.
Als die Spannung in der Menge auf dem Höhepunkt war, kam Thomas B. gemächlich von seiner Holzhütte auf das Ufer zugeschlendert, grüßte rundum mit der Geste eines Gladiators, ließ zwei-, dreimal seinen Bizeps spielen, hob fernsehlike eine Packung Super-Vital-Ginseng in die Höhe, entnahm ihr eine Kapsel, hielt sie zwischen Daumen und Zeigefinger empor und schluckte das Lebenselixier in sich hinein.
Danach veranstaltete er zum Jubel des Publikums ein paar pantomimisch überzeichnete Gymnastikübungen und verschwand wieder zwischen den Enten im Unterholz.
Die Show kam an. Von Woche zu Woche strömten mehr Schaulustige in den Zoo, um endlich den Zusammenbruch des ausgeflippten Ginseng-Mannes mitzuerleben.

Und Thomas, der zunehmend Spaß an diesen exhibitionistischen Darbietungen empfand, verstand es, schauspielerisch geschickt auf das Erwartungsverhalten der Zuschauer einzugehen. Einmal torkelte er durchs Schilf, riß mit der Gebärde eines Ertrinkenden die Packung Super-Vital-Ginseng auf und sprang mit der Kapsel im Mund senkrecht in die Höhe. Sein Urschrei erschütterte die Anwesenden bis ins Mark. Ein anderesmal robbte er kraftlos auf allen Vieren heran, lutschte im Liegen das Lebenselixier und verfiel augenblicklich danach in einen viertelstündigen Lachanfall.
Bald schon gehörte Thomas B.'s Ginseng-Show zu den beliebtesten Fünf-Minuten-Sendungen im Abendprogramm. Die Leute lachten sich schief. Und der Umsatz an Ginseng-Kapseln schnellte sprunghaft an.

In den Stunden zwischen den Auftritten durchstreifte Thomas die Insel, lag meditierend im Bambuswald auf dem Rücken, schloß Freundschaft mit den Graugänsen und den bunten japanischen Tauchenten, gelegentlich schwamm er im See mit Pelikanen um die Wette oder lauschte den heiseren Tierschreien ringsum. Fernab brandete Straßenverkehr wie Wellenschlag und nachts glomm die Stadt als fahler Leuchtring am Horizont. Es gab Sterne und Zikaden, flinke Laufkäfer und Vogelnester im Schilf. Dies alles war konkret, deutlich und wichtig: das Flugballett der Schwalben, das Fliegengesumm, Wind, zerfließende Ringe im Wasser, treibende Blütenblätter und die Art, wie die Enten abends ihre Hälse ins Gefieder bargen. Die Menschen aber wurden zu seltenen Tieren. Auch nahm ihre Zahl mit der Zeit ab. Immer weniger kamen ans Ufer, um sich die Köpfe zu verrenken

und ihn johlend zu Extraauftritten aufzufordern. Die
Sache verlor an Reiz. Manchmal fühlte sich Thomas wie
ein alter abgeklärter Orang-Utan, wenn er in ihre Sichtweite trottete, eine Ginseng-Kugel aus der Schachtel
pulte und sinnierend kaute.
Welchen Sinn hatte noch der äußere Zirkus?
Nur der grauhaarige Ludwig, ein Tierpfleger kurz vor der
Pensionsgrenze, besuchte ihn noch. Einmal die Woche
kam er mit dem Boot herübergerudert, um wortkarg eine
Partie Schach zu spielen.
Später, in der Abenddämmerung, zündete er sich die
Pfeife an und setzte sich neben Thomas vor die Hütte.
Gemeinsam hockten sie da, schwiegen, bis die Dunkelheit
vollends die Konturen verwischte und alles ringsum
unwirklich werden ließ und lauschten den Geräuschen
der Nacht.
Einmal sagte der graue Ludwig: »Nun bin ich schon ein
ganzes Leben hier im Zoo, in den Käfigen und davor,
sehe die Leute, die freiwillig kommen, um die Tiere zu
sehen, die gefangen sind. Mein Schlüssel gibt mir die
Macht, alle Türen aufzuschließen, aber manchmal
möchte ich nicht nach Hause gehen. Am liebsten würde
ich alle Gehege aufsperren, alle Gitterstäbe lösen, den
Schlüssel im See versenken und neu anfangen – hier.«

Thomas antwortete nichts. Sie verstanden sich auch so,
der graue Ludwig und er. Zu Anfang hatte er noch
versucht, ihn auszufragen, wie es denn draußen zugehe in
der Stadt. Aber Ludwig hatte nur die Schultern gezuckt
und gesagt: »Ich fahre immer Straßenbahn. Und einen
Fernseher habe ich schon fünf Jahre nicht mehr. Ich
glaube, es geht langsam zu Ende mit der Stadt.«

Schon lange waren keine Fernsehteams mehr erschienen.
Und die Besucher blieben auch weg. Ab und zu lutschte
Thomas noch öffentlich eine Ginseng-Kapsel am Ufer.
Doch dort war niemand mehr, der ihn aufgefordert hätte,
Fratzen zu schneiden oder besonders lustige Akrobatik zu
machen. Und die Agentur hatte ihn wohl vergessen und
ausgebucht. Ohnehin war dies nicht mehr so wichtig.
Als Frühling und Sommer vergangen waren und sich
langsam das Laub zu färben begann, kam der grauhaarige Ludwig noch einmal, um sich zu verabschieden. Er
ging vorzeitig in Rente und hatte eine Flasche Weizenkorn mitgebracht. Doch die rührten sie nicht an. Als
Ludwig ins Boot gestiegen war und irgendwo am anderen
Ufer in der Nacht verschwand, vergrub Thomas sie hinter der Hütte. Ebenfalls vergrub er das andere Abschiedsgeschenk des alten Wärters: einen Universalschlüssel für
alle Tiergehege.
Dann wurden die Nächte kühl. Einmal wachte Thomas
frierend auf und befand sich sofort in einem Zustand
fieberhafter Erregung. Ganz automatisch gruben seine
Hände die Flasche aus. Nur Wärme!
Er trank, trank, fühlte das Feuerwasser brennend seine
vom Ginseng ausgedörrten Gedärme durchwühlen und
heiß in die Adern quellen. Es war seltsam, zu spüren, wie
der Alkohol vom Körper Besitz nahm. Er lachte auf und
erschrak ein wenig über die Wildheit in seiner Stimme.
Lange war er eins gewesen mit der Insel, den Tieren,
Pflanzen und Steinen. Jetzt aber fühlte er Macht, grenzenlose Stärke in sich.

Ganz klar war sein Kopf, als er den Schlüssel ausgrub,
aber sein Körper dampfte und zitterte vor Lust, diese

neue, nie bisher gefühlte Kraft auszuprobieren. Er sprang in den kalten See, durchmaß ihn mit kräftigen Schwimmzügen und kletterte jenseits ans dunkle Land.
Zuerst stieß er beim Boot auf das Gerätehaus. Da war Kleidung: Overalls, Kittel, Schürzen, Gummistiefel. Was er nicht anziehen konnte, trug er ins Boot, auch ein Seil, eine Schaufel und allerlei nützliches Kleingerät. Hochbefriedigt betrachtete er seine Beute. Reichte das?
Nein, es war nicht genug. Mit dem Spaten als Waffe und dem Schlüssel im Kittel schlich er weiter durch den nachtschlafenden Zoo.
Am Affenhaus, dann in der Fasanerie öffnete er alle Gehege, ging weiter zur Raubvogelhalle, zu den Antilopen, Gemsen und Steinböcken. Nirgends wartete er darauf, daß die Tiere ihre jähe Freiheit begriffen und sich zögernd heraustasteten. Er mußte weiter, weiter. Es gab noch viel zu tun.
Nach etwa zwei Stunden hatte er es geschafft. Zuletzt schloß er den Raubkatzen die Türen auf.
Schweißgebadet stieg er ins Boot, ruderte zurück zur Insel. Nun konnte man ruhig schlafen. Seine Stirn glühte und die Schläfen hämmerten fremdartig erregende Rhythmen. Irgendwo heulte heiser ein Steppenwolf den Mond an. Auch das klang so, wie es sein sollte.
Thomas B. lehnte sich erschöpft an die Wand seiner Hütte. Sein Blick glitt trunken den Horizont entlang. War es nur Einbildung – oder lag die Stadt in einem seltsam unnatürlichen Feuerschein?

DER KÖNIG VON ATLANTIS

Vor ein paar Jahren, im Herbst 1970, lernte ich den
König von Atlantis kennen. Und das kam so:
Eines Tages brauchte ich ein paar Preßspanplatten für
ein neues Bücherregal. Ich ließ sie mir bei Sperrholz-
Schnell in der Elefantengasse zuschneiden und wollte sie
gerade ins Auto verstauen, als mein Blick zufällig auf das
kleine, unscheinbare Schaufenster nebenan fiel. Von dort
nämlich winkten mir drei Männer zu, schwenkten eine
Zeitung und klopften von innen an die Scheibe. Ich stellte
die Platten ab und trat näher. Merkwürdig: lange Zeit
hatte der Laden leergestanden, jetzt aber herrschte dort
emsige Tätigkeit. Junge Leute bewegten sich geschäftig
mit Andruckfahnen, Manuskripten und allerlei Utensil
zwischen Papierstapeln und Montagetischen. Die Zeitung, mit der mir zugewinkt worden war, entpuppte sich
als das Sexmagazin St. Pauli-Nachrichten.
Neugierig geworden trat ich ein und, da mir plötzlich
einfiel, daß ich ja vor längerer Zeit einen Artikel mit dem
Titel »Sündige Wollust – jahrtausendelang lag sie unten
und er oben« in diesem Blatt veröffentlicht hatte, fragte
ich, ob weiterhin Bedarf an freier Mitarbeit solcher Art
bestünde.
»O ja, immerzu«, rief der leicht angegraute Chef vom
Dienst und angenehm berührt zog ich ab mit der Versi-
cherung, bald neues Material zu bringen. Immerhin hatte
die Zeitung gut bezahlt, kein Wort gekürzt und ließ, trotz
allem vordergründig aufgesetzten Sex, ein gewisses Maß
an sozialkritischem Engagement nicht vermissen.
Zwei Tage später war ich wieder dort mit einer Filmkritik

über Andy Warhols »Flesh« mit dem Titel »Orgasmus im Kinosessel«. Diesmal führten mich die netten Leute direkt zum Chefredakteur ins Hinterzimmer. Dieser Chefredakteur war König Sonny I. von Atlantis. Ein etwa 30jähriger Mann mit sinnlichen, ein wenig wehmütigen Gesichtszügen, etwa so, wie man sich Michelangelo vorstellen kann. Er thronte hinter einem mächtigen, mit Manuskriptbergen beladenen Schreibtisch und rauchte einen Joint. Seine Augen strahlten. Er war völlig entspannt und gab sich ganz den weichen Klängen der Sitarmusik hin. Diese Musik, ich glaube, es war eine Morgen-Raga von Ravi Shankar, erfüllte den gesamten Raum. Zu Füßen des Königs lag, auf den Fellteppich hingestreckt, ein apollinisch schöner Knabe und begleitete die Sitar auf seiner Hirtenflöte. Wie er so, ins Spiel versunken, auf den Teppich gegossen dalag, ein kleiner griechischer Faun vor seinem Herrn, wirkte der Raum wie ein wunderschönes Gemälde auf mich. Ich stand fasziniert da und wartete, bis das Spiel verklungen, die Platte abgelaufen war und sicherlich habe ich dabei ausgesehen wie einer, der zum erstenmal zur Audienz im Palast erscheint. »Ich habe schon von dir gehört. Ich weiß alles«, sagte der König. »Das Leben verläuft manchmal sehr arabesk. Ich bin zum Beispiel jetzt Chefredakteur hier. Und da dein Beitrag ›Sündige Wollust‹ wirklich sehr gut war, will ich dir ein Angebot machen:
Hier ist ein Flugticket erster Klasse nach Hamburg für dich. Wir fliegen Montag früh und machen dort mit dem Herausgeber einen Vertrag.«

Nun, das ging in der Tat alles ein bißchen schnell. Doch

man soll dort, wo Reden überflüssig ist, schweigen und
die Gelegenheit beim Schopfe packen. Und so wandte ich
mich, schon halb im Gehen noch einmal um:
»Ich kenne da einen Grafiker, einen der Besten, war
Ideenlieferant bei Pardon und so. Ist für den nicht auch
Bedarf?«
»Natürlich«, sagte der König. »Wir brauchen immer gute
Leute. Bring ihn Montag mit. Ich lasse gleich noch ein
Ticket buchen. Wir fliegen zu dritt.«
Und so flogen wir drei, der Maler Rolf Büthe, König
Sonny und ich an einem strahlenden Montagmorgen
nach Hamburg.
Über den Wolken begann der König zu plaudern: »Wißt
ihr, mein bürgerlicher Name, also bevor ich König
wurde, lautete Manfred Schneider. Aber alle nannten
mich nur Sonny. Ich lache eben gern. Das hat den Leuten
gefallen, wie ich damals mit meinem Äffchen auf der
Schulter in der B-Ebene unter der Hauptwache Gitarre
gespielt und gesungen habe. Eine große Karriere lag vor
mir, als dann die erste Schallplatte erschien ›Sonny Costa
live‹. Aber ich schlug sie aus. Ich mußte nach Biafra. Ich
war dort Hauptdarsteller in einem Action-Film. Alles
während des Bürgerkrieges, versteht ihr? Zweimal wurde
unser Flugzeug beschossen. War eine Mordstory, der
Film, und wäre sicher ein Renner geworden, wenn mich
nicht die Malaria erwischt hätte. Jetzt bin ich halt nicht
mehr tropentauglich und muß hier im hohen Norden
bleiben. Na ja.
König, ja König, wurde ich per Zufall. Das sollte eigentlich ein Werbegag für meine nächste Schallplatte werden.
Es gibt doch 'ne Menge Bücher über Atlantis und die
Gelehrten streiten sich immer noch, welche Inseln wohl

heute noch dazugehören würden. Und da kam mein Manager, der dicke Mike, auf die Idee, doch einfach mal prophylaktisch Anspruch auf die Regentschaft von Atlantis zu erheben. Beim internationalen Gerichtshof in Den Haag. Zuerst dachten die, das wäre ein Witz und reagierten nicht. Bis dann mein Rechtsanwalt tatsächlich in einer Gesetzeslücke die Zulässigkeit meines Antrags bestätigt fand und ganz massiv und juristisch unantastbar drängte. Die mußten mir eine Urkunde ausstellen, daß vor mir noch niemand Anspruch auf Atlantis erhoben hatte. Nun hatte ich es schwarz auf weiß: Ich bin Sonny I., König von Gottes Gnaden über Atlantis und alle Inseln, sofern sie wieder auftauchen, nebst der dazugehörigen Bevölkerung. Meine erste Amtshandlung bestand darin, erstmal Grafen, Barone und Minister zu ernennen. Dies geschah in einer feierlichen Zeremonie mit großem Festbankett im Frankfurter Hof. Die Rechnung ist übrigens heute noch nicht bezahlt. Was wäre ein König, der kein Vertrauen und Kredit genießt? Und die gesamte Presse war da, alle Zeitungen. BILD brachte eine Mords-Story – es war sowieso Sauregurkenzeit und den Leuten ist es egal, an was sie sich hochziehen. Mein Reich – Atlantis – habe ich noch nicht gefunden. Ich bin auf der Suche danach. Aber glaubt mir: Bei dem heutigen Stand der Wissenschaft ist das alles nur eine Frage der Zeit!«

Wir waren sehr beeindruckt und mochten ihn irgendwie gern, diesen heiteren König, der zwar kein Reich besaß, aber stets so auftrat, als regiere er schon. Und diese Regentschaft war milde, nicht immer weise, aber doch mit Stil und Atmosphäre. Es war, als umgäbe ihn eine

Aura, ein Energiefeld, das von weiter herkam, als nur von
der bekannten Erde. Und in diesem lebensfrohen, epikureischen Schutzschild fühlten sich die Leute, die ihn
trafen, wohl.
Wir nahmen zum Beispiel, in Hamburg angekommen,
kein Taxi oder gar den ordinären Bus, o nein: Ein Chauffeur erwartete uns mit der Staatskarosse, einem uralten
Londoner Taxi, das Sandwich-Werbung für St. Pauli-
Nachrichten fuhr.
Was mit uns, dem Maler Rolf Büthe und mir geschah,
will ich nur kurz schildern, um den weiteren Ablauf
verständlich zu machen. Wir bekamen beide einen interessant dotierten Vertrag und übernahmen in völliger
Unabhängigkeit die süddeutsche Redaktion in Frankfurt.
Wir arbeiteten wenig, soffen viel und wenn eine neue
Ausgabe vorbereitet wurde, schrieben und zeichneten wir
die tollsten Zoten rechts und links vom Strich in einer
einzigen Nacht. Und das noch meistens in der Kneipe.
Ab und zu tauchte König Sonny auf, gab eine kurze
Audienz, auf die wir uns jedesmal freuten und verschwand wieder.
Eines Tages aber kam er überraschend nicht zum vereinbarten Treffpunkt. Wenig später erfuhren wir, daß die
Bombe geplatzt und Sonny fristlos gekündigt worden
war. Durch einen dummen Zufall wurde nämlich aufgedeckt, daß Sonny Doppelagent war. Das heißt, er war
Chefredakteur von St. Pauli-Nachrichten und gleichzeitig
bei dem wichtigsten Konkurrenzorgan, der Deutschen
Sexzeitung, dem Organ der Deutschen Sexpartei, die
damals ansetzte, in den Bundestag einzuziehen. Der Kassierer der Sexpartei hatte zu scharf gebremst, dabei war
ihm die volle Kasse von der hinteren Handschuhablage

ins Genick geschossen und hatte ihm die Nerven gequetscht. Er wachte im Krankenhaus auf, verwickelte sich Reportern gegenüber in Widersprüche und Sonny mußte seinen Hut nehmen.
Wir machten weiter, auch ohne Chefredakteur. Schrieben wacker saftige Schweinereien und wenn uns der Stoff ausging, erfanden wir haarsträubende Begebenheiten so mundgerecht, so hautnah nachempfunden, wie es die Leser wünschten.
König Sonny hatte zwar zwei stattliche Gehälter nebst Spesen verloren, ließ sich jedoch davon nicht beirren. Er gründete einfach eine neue Sex-Illustrierte, den Frankfurter Nachtexpress.
»Jungs«, sagte er, »seid nicht dumm. Kommt zu mir, ich zahle Euch 500 Mark mehr, bei allen Vorzügen, die man an meinem Hofstaat genießt. Wenn's mit Hamburg schiefgeht, schickt ein Telegramm.«
Das kam schneller, als wir dachten. Die süddeutsche Redaktion wurde wegrationalisiert. Nachts auf der Matratze in irgendeinem windschiefen Haus an der Reeperbahn entschloß ich mich, nicht mit nach Hamburg zu gehen. Der Familienanschluß an den Herausgeber gefiel mir nicht so recht. Der Alte war Alkoholiker und ständig voll, seine Frau führte einen Versand für Peitschen und Foltergeräte und die Belegschaft in der Redaktion bestand zum größten Teil aus ehemaligen Seeleuten, Rausschmeißern, Taxifahrern, Preisboxern und Zuhältern.

So kehrte ich zurück an König Sonnys Hof. Wir residierten an der Berger Straße. Vorn gab sich der Laden als Buch- und Schallplatten-Shop, in der Mitte war's eine

Teestube, im Keller eine Kunsttischlerei und hinten Verlag, Redaktion und Druckerei. Da ging es zu wie im Taubenschlag: Kommunarden, die nach Abrißhäusern und Patchouli muffelten, lungerten bei einem Täßchen Jasmin-Tee mit Santana im Laden herum, blasse, zerzauste Strichjungen schlichen heimlich in den Keller, gestohlene Teebüchsen unter dem Pelzmantel, Biber, Deutschlands heimliches Wunder aus dem Westerwald, den man auch den Mann mit den vier Nieren nennt, entwarf im Zeitlupentempo neue Möbel, und im Hinterstübchen wurde ein Weltblatt aus dem Boden gestampft.
Da ratterte der Fernschreiber neben der gleichfalls geliehenen Druckmaschine, Grafiker wurden aus Hamburg eingeflogen und wir übrigen – Schreiberlinge, Fotografen und Drucker – diskutierten pausenlos über den Inhalt der neuen Zeitung. Mal sollte es eine Art Gegen-Bildzeitung werden, mal 'ne Porno-Illustrierte, dann wieder ein kulturelles Wochenblatt.
»Nein«, entschied der König, »wir machen eine sexualpolitische Nachtausgabe. Ganz diffizil, ganz unterschwellig.«
Prima. Wir arbeiteten sofort los. Die Fernschreiberstreifen wurden sorgfältig zerschnitten, der nächste Umbruch gemacht. Inzwischen wuchs die Belegschaft des sonderbaren Unternehmens auf über 25 Mitarbeiter an. Wir hatten kaum Platz, den Tee zu trinken, den die Kommunarden vorne übrig ließen.
Zwei Tage später wurde die Druckmaschine wieder gestoppt. Der König hatte einen neuen Einfall: »Ich glaube, wir machen lieber ein Wochenmagazin mit Niveau, so 'ne Art linksliberale Hör-Zu.«
Wir blickten uns verblüfft an. Auf die Idee waren wir

noch gar nicht gekommen. Der Einfall hatte was für sich. Wir nickten zustimmend und begannen sofort mit der obligatorischen Strategiedebatte. Inzwischen wußten wir immerhin: Geld war keines mehr da, ein Konzept auch nicht. Die Zeitung war ein Phantom. Wir lebten mit ihr und sie durch uns. Sie würde, wenn sie überhaupt jemals würde, nur so werden, wie wir sie machten.
Der Fernschreiber ratterte immer noch Spiralen von wichtigen Nachrichten heraus. Aber niemand schnitt sie mehr ab. Holger, der schwerfällige Butler ohne Personalausweis, kehrte jeden Abend den Berg beiseite. Nur König Sonny behielt die Nerven. Er setzte sich in den Intercity-Zug und fuhr nach Hamburg, wo er noch ein gerichtliches Hühnchen zu rupfen hatte. Im Zugabteil fand er endlich die nötige Entspannung und Atmosphäre, um das neue populärwissenschaftliche Buch des friesischen Hobby-Archäologen Pastor Spanuth zu lesen. Darin stand nun klipp und klar der Beweis: Der Pastor hatte beim Tauchen im Nordseewatt Überreste von Atlantis entdeckt. Alle Hypothesen paßten plötzlich zusammen: das »flüssige Gold« der Palastdächer war nichts anderes als Bernstein, die langgesuchte Königsinsel aus Platons Bericht war also Helgoland!
Sonny klappte das Buch zu, reiste weiter nach Helgoland und sagte dem Bürgermeister seinen Besuch zum Abendessen an. Dieser, zuerst überrumpelt und schockiert, dann aber mehr und mehr von Sonnys Ausstrahlung fasziniert, gewann schnell Spaß an der Sache, zumal die Vorteile klar auf der Hand lagen: ein echter König auf einer fast echten Königsinsel – wenn das nicht der Knüller im Touristik-Geschäft war! Zudem noch ein zollfreies Atlantis! Gemeinsam wurde weitergesponnen: Sonny

würde natürlich jedes Wochenende auf Helgoland residieren und für die Urlauber öffentliche Massenaudienzen geben. Der Bürgermeister übergibt im Fernsehen feierlich den Schlüssel zum Rathaus und König Sonny I. schreitet gemessenen Schrittes hinein, von einer Horde schmalhüftiger, blumenstreuender Knaben umgeben. Leider kam am nächsten Morgen der Katzenjammer: der Innenminister von Schleswig-Holstein, zu dem Helgoland nach Bundesrecht gehört, spielte das schöne Spiel nicht mit. Die Herren von der CDU da oben waren schon immer etwas starrköpfig.
Und so kehrte Sonny traurig zurück. Ja, zum erstenmal sah ich ihn echt traurig, aus ehrlichem Herzen empört, ob solcher Ungerechtigkeit, die ihm widerfahren war. Auch der Tatbestand, daß die Stimmung beim Frankfurter Nachtexpress inzwischen zum Pulverfaß geworden war, weil die Schulden astronomisch hohe Summen angenommen hatten und die ersten Mitarbeiter ihr Gehalt sehen wollten, heiterte ihn nicht gerade auf. Und so blies König Sonny für einige Stunden Trübsal.

Am nächsten Tag aber strahlte seine Sonne wieder hell wie eh und je, und wir freuten uns mit ihm, beglückwünschten ihn zu seiner Genesung, verfluchten die Bundesregierung und den Innenminister von Schleswig-Holstein im besonderen. Und der Pastor, der hatte sich natürlich geirrt. Atlantis lag ganz woanders! Nein, nichts ernsthaftes war geschehen!
Am übernächsten Tag aber war Sonny weg. Einfach wie vom Erdboden verschluckt. Und jeder wußte plötzlich einen anderen Grund dafür, ein anderes Reiseziel. »Er ist mit 20 000 Mark eines schwulen Opas nach Casablanca

geflüchtet, um dort ein Hotel aufzumachen«, tuschelten die einen. Und die nächsten erfanden neue Varianten hinzu. Daß er versteckt im Keller seines Managers und technischen Direktors, dem dicken Mike Janson, alias Joachim Kempen, alias soundso in Hanau gehaust haben soll und nur nachts mit Sonnenbrille getarnt die Straße betreten würde.

Aber ich halte das alles für üble Nachrede, ich will das gar nicht hören. Wenn die Sonne untergeht, trauen sich die Schattenwesen immer hervor und reißen das Maul auf.

Kann sein, daß ich die Sache aus der Erinnerung heraus vielleicht nicht mehr ganz richtig erzähle. Aber ich möchte Sonny so im Gedächtnis behalten, wie ich ihn das erstemal getroffen habe und wie er mir eigentlich immer begegnet ist: Ein etwas ungewöhnlicher, aber überaus angenehmer, ein von innen heraus strahlender Zeitgenosse. Eben ein heiterer König ohne Land.

EIN BLAUER FALTER ÜBER DER RASIERKLINGE

Zwölf Jahre lang schnitt Ralf P. für seine Fotos Passepartouts mit dem Schneidemesser. Dann sich selbst beide Hals- und Pulsschlagadern sowie die Bauchaorta auf. An und für sich ist ein Suizid ja längst nicht mehr der extreme Sonderfall einer kranken Seele, sondern mehr oder weniger legitimes Ausdrucksmittel unserer Zeit. Im großen Stil findet er tagtäglich statt – kollektiv veranstaltet von der gesamten Menschheit. Nur im konkreten Einzelfall erschrickt man noch über Blutflecken im Teppich oder den leidigen Kollegenbesuch auf der Intensivstation.
Auch gibt es bei einem Selbstmord keinen Anfang und kein Ende. Er findet eigentlich immer statt.
Ralf P. besucht die Dichterlesung eines Freundes, dem als frustriertem Texter keine andere Wahl blieb, als bittersentimentale Lyrik zu verzapfen. Da schwebte zum Beispiel ein »blauer Falter um das Haus, dessen Schwingen andere Sonnen tragen«.
Ralf P. denkt dabei an das, was er einmal für seine ganz große Liebe gehalten hat, aber das volle Gefühl will nicht so recht hochkommen, denn ihm fällt ein, in was für einem Haus der Dichter wirklich wohnt. Das nämlich liegt direkt an der Stadtautobahn, vom normalen Verkehrsterror umwogt und ein blauer Liebesfalter, trügen seine Schwingen auch noch so zärtliche Sonnen, würde spätestens nach einer Woche Abgaswolken sicherlich taub und bleischwer zu Boden sinken. Außerdem ist diese Straße aber auch noch eine Rasierklinge, die scharf und

blutig zwei dichtbesiedelte Wohngebiete durchtrennt. Die Zahl der beim Überqueren des Zebrastreifens zermalmten Kinder und Rentner klettert von Monat zu Monat auf einen neuen Rekord.
In all diese Überlegungen platzt ein besoffener Ex-Schauspieler mit seinen Problemen hinein und prangert ehrlichen Herzens erzürnt die moderne Kunst im allgemeinen, blaue Falter aber im besonderen an. In seinem Nachbarhaus hat vorige Woche ein eifersüchtiger Türke seine junge Frau mit dem Stilett zerstückelt. Es ist also alles in allem ein gelungener Abend in Sachen Poesie.
Und so schleicht Ralf P. nach drei Bieren wieder zurück in die eheliche Wohnung, wo seit langem der geschlechtliche Kleinkrieg tobt. Wirklich sorgenfrei und glücklich hat er zuletzt im Urlaub 75 gevögelt und das auch nur, weil sie dem malerischen Sonnenuntergang am Meer und dem Jodgehalt der Luft erlegen waren.
So trabt der kreative Steppenwolf Ralf P. tagaus, tagein ins Atelier, um Frischjoghurt und Monatsbinden zu fotografieren, wofür er erträglich bezahlt und in der üblichen Weise schlecht behandelt wird. Und abends sucht er den Keller einer Selbsthilfegruppe auf, um dort im Eigenbau den Janow'schen Urschrei zu üben. Es gelingt ihm schon richtig gut, zu sabbern und nach der Mutter zu kreischen, die natürlich niemals kommt im entscheidenden Moment und so bleibt er auch im Job allein, weint manchmal auf dem Klo und beginnt insgesamt zu zweifeln, wenn die Kollegen wieder einmal über die Maßen Wein saufen und von der besseren Zukunft träumen.
Hermann Hesse und das Tibetanische Totenbuch geben Ralf P. auch nicht mehr viel und so säbelt er weiter in Stumpfsinn und manchmal wilder Verzweiflung seine

Passepartouts. Einmal sagt ein Grafiker zu ihm: »Ich weiß jetzt, warum ich ständig von Rasierklingen träume. Ich habe Kastrationsangst. Und nach dem Rasieren brennen mir immer teuflisch die Wangen. Dabei liegt es nur daran, daß meine Mutter nie einen Bart bei mir wollte. Scheiße, wie werde ich nur ein richtiger Mann?«
Da horcht Ralf P. schon mal auf. Rasierklingen interessieren ihn und ihre Verwendung im seelischen Bereich besonders. Überhaupt empfindet Ralf P. seine Umgebung allzudeutlich. Er ist verletzlich und tarnt sich hinter einem bewußt überzeichneten Karriereverhalten. Die Absurdität seines Handwerks, die lieblose Zwangsgemeinschaft mit seiner Frau, die neuerdings eines jener modischen Halskettchen mit silberner Rasierklinge trägt, das flüchtige Zusammentreffen mit dem Kind, das er abends kurz sieht, aber auch die übliche Alltagsbrutalität lassen ihn die Umwelt ständig schärfer wahrnehmen. Die Realität ist eine Rasierklinge, über der man tanzen muß.
Und Ralf P., der blaue Falter, versteht die Zeichen der Zeit. Als Kreativer gilt es, den Schwierigkeitsgrad seiner Übungen beständig heraufzusetzen, um nicht abzustürzen und zerschnitten zu werden.
Nach langen, zermürbenden Gesprächen mit dem Texter im Nachbarkäfig über den Sinn des Lebens entschließt sich Fotograf Ralf P. zum Suizid. Er verabschiedet sich auffällig, nimmt wahr, daß niemand ernsthaft darauf eingeht und fährt mit dem Wagen zum Freizeitpark am Stadtrand. Dort hört er so lange George Moustaki vom Taperecorder, bis die Tränen von selber kommen.
Dann geht er ans Werk, zieht sich im Laufen aus, läßt alle zehn Meter ein Kleidungsstück fallen und als er nackt ist

und nur noch den Plastikgriff des Schneidemessers in der Faust spürt, setzt er sich unter eine Rotbuche und beginnt, präzise Schnitte wie am Reißbrett zu ziehen.
Er spürt keinerlei Schmerz, nur Staunen und Erregung über das viele Blut. Nach getaner Arbeit wischt er sorgfältig die Klinge im Moos ab. Er kriecht ins Gebüsch und wartet auf den Tod.
Stattdessen kommt aber ein Waldarbeiter, der von fern alles beobachtet hat, der Kleiderspur wie einer Schnitzeljagd folgt und den Rettungswagen ruft. An Ort und Stelle bekommt Ralf P. eine Bluttransfusion. Kurz bevor ihm endgültig das Bewußtsein schwindet, hört er den Notarzt sagen: »So, den haben wir noch mal hingekriegt. Auf die letzte Minute. Bringt fünf Punkte.«
Seitdem hat ihn die bürgerliche Gesellschaft wieder.
Die Agentur schob ihn zwar peinlich berührt – und wohl auch um das angeknackste Betriebsklima zu beruhigen – ab in die Dunkelkammer eines anderen Ateliers bei ihrer Tochtergesellschaft.
Aber das kann seiner Karriere auf Dauer keinen Abbruch tun.
Ralf P. schneidet inzwischen wieder Passepartouts. Mit einem anderen Messer. Die Rasierklinge hat sich als nicht scharf genug erwiesen.

ENDLÖSUNG

»Und Sie sind tatsächlich der Meinung, meine Herren, daß die Künstler in Zukunft unter den erweiterten Begriff der K-Gruppen fallen sollen?« fragte der Präsident.
»Ganz ohne Zweifel«, gab der Justizminister zur Antwort.
»Die Ergebnisse unserer Sonderkommission lassen keine andere Auslegung zu. Einmal muß Schluß sein mit den faulen historischen Kompromissen. Was wir brauchen, ist eine saubere Endlösung.« »Sie plädieren also, wenn ich Sie richtig verstehe, für radikale Maßnahmen?«
»Aber selbstverständlich! Und zwar so schnell wie möglich!« Der Justizminister, ein hagerer Saurier mit zerknitterten Gesichtszügen, lehnte sich behaglich im Sessel zurück.
Sein rechtes Auge funkelte fanatisch den Präsidenten an, während das linke, welches aus Glas war, einen irren, schrägen Blick zum Kronleuchter tat. Mit der an ihm so geschätzten Art entwarf er ein schnelles Bild der Kulturgeschichte:
»Sehen Sie, Künstler sind nun einmal, das haben vergangene Epochen mehr als genug bewiesen, stets eine Gefahr für den Staat. Sie gehen von Natur aus nicht konform, ihre Gedanken schweifen zu sehr ab, nicht selten in Gefilde, die sich im Sinne unseres Strafgesetzbuches klar definieren lassen: Gedankenfreiheit, künstlerische Freiheit, Freiheit überhaupt – allein schon der Klang dieser Worte! Wissen Sie, in welche Richtung solcherart verbotene Umtriebe unweigerlich führen? Ich will es Ihnen sagen: sie zielen auf die Abschaffung von Recht und

Ordnung. Sie sind eine ernste Bedrohung unserer moralischen Grundwerte. Künstler sind Anarchisten. Sind es keine Anarchisten, dann sind es auch keine Künstler, sondern harmlose Hochstapler.«

Der Präsident hatte während der Rede des Justizministers mehrmals zustimmend genickt. »Ich kann Ihren Gedankengängen gut folgen« sagte er, »demnach müßten wir konsequenterweise den Artikel 1 des Grundgesetzes ändern. Das an sich ist nur eine Lapalie, eine Formulierungsfrage, darin haben wir ja Übung. Was mich im Moment mehr beschäftigt, ist die pekuniäre Seite der Angelegenheit. Würde ein solcher Radikalenerlaß nicht der Wirtschaft erhebliche Verluste einbringen? Ich meine, es sind in der Vergangenheit von gewissen Künstlern doch Werte geschaffen worden...«
»Werte?« lachte Kultusminister Schmalz gröhlend auf. »Werte? Tz tz tz, wenn ich das schon höre...«
Er war ein dicker, grobschlächtiger Kerl, der noch nie ein Hehl daraus gemacht hatte, daß er Kunst aus tiefstem Herzen haßte. Schon als Kind hatte er aufgrund seiner angeborenen Fettsucht nicht richtig spielen können. Zwischen seinen klobigen Fingern zerbrach nahezu alles und das baute im Laufe der Zeit die maßlose Wut gegen jede Feinheit in ihm auf. In Fachkreisen trug er den Spitznamen »der Vollender«. Nicht etwa, weil er während seiner Laufbahn als Politiker jemals etwas fertiggebracht hätte, sondern eher deswegen, weil er – ganz im Sinne der meisten Gegenwartskünstler – nur noch vom Verfall der Kultur sprach. Allerdings tat es ihm nicht leid darum, im Gegenteil: er wollte eine Epoche des Untergangs vollenden, der Kunst bewußt den Todesstoß versetzen.

»Vor allem sind Künstler Parasiten!« rief Schmalz,
»Ungeziefer am gesunden Volkskörper. Wir sollten sie
bedenkenlos zertreten wie Küchenschaben!«
»Ich hatte jetzt mehr an die Unterhaltungs- und Freizeit-
industrie gedacht«, warf irritiert der Präsident ein.
»Ach so, die paar Gaukler meinen Sie! Überflüssig, abso-
lut entbehrlich! Was brauchen wir noch länger Sänger,
Schauspieler und Possenreißer, wo es doch jetzt das 24-
Stunden-Gefühlskino gibt! Für die Übergangszeit, na ja,
da zeigen wir halt Konserven, entwöhnen langsam die
Massen und dann: Zack!« Er machte mit der Handkante
die Gebärde des Kehledurchschneidens und stieß dabei
mit dem Ellenbogen den Aschenbecher vom Polster. Grell
splitterte Kristall über das Parkett. Der kleine Roboter
mit dem Madonnengesicht begann sofort zu kehren.
»Sie haben recht«, sagte der Präsident. Er zog an seiner
Havanna und stieß große Rauchringe in Richtung des Ro-
boters. Dann wandte er sich dem Wirtschaftsminister zu:
»Wie sieht es in Ihrem Bereich aus? Benötigt die Industrie keine Künstler mehr für die Werbung?«
Wirtschaftsminister Müller räusperte sich. Er war minde-
stens ebenso fett wie der Kultusminister, wog also knapp
über drei Zentner und repräsentierte damit auf eindrucksvolle Weise den Wohlstand der Staatsfinanzen.
»Nein, nein«, wehrte er ab, »dafür ist kein Bedarf mehr
da. Die Multis haben sich geeinigt, die vollautomatische
computergesteuerte Versorgung der Bevölkerung ist
sichergestellt, die Sklaven werden nirgends mehr ge-
braucht.«
»Sklaven?« fragte Verteidigungsminister von Trittwitz.
Er hatte die ganze Zeit über gedöst und war durch das
Stichwort aufgewacht.

Der Wirtschaftsminister kicherte vor sich hin. Er schnalzte mit den Fingern. Augenblicklich kam der Roboter herangeschlurft und servierte Fruchtcocktail. Während der willkommenen Unterbrechung herrschte Stille im Palais. Sonne flutete sanft durch die Renaissance-Flügel. Draußen im friedlichen Park stieg jubilierend eine Lerche auf.

»So«, sagte endlich der Präsident, »wie ich konstatiere, hat sich die Kommission über das Für und Wider gründlich Gedanken gemacht, und ich muß sagen, meine Herren, daß Ihre Argumente rundum einleuchtend sind. Kommen wir nun zur Durchführung. Welche Maßnahmen halten Sie im Interesse der inneren Sicherheit für angemessen, Herr Innenminister?«

Endlich war für ihn der Augenblick gekommen. Er reckte sein hageres Geierprofil in die Runde, krächzte die Stimme frei und begann:

»Nun, äh, zunächst einmal, da uns der infrage kommende Personenkreis per Zentralkartei aufs genaueste bekannt ist, würde ich, äh, sagen, daß wir beginnen, die, äh... Umsiedlungsmaßnahmen einzuleiten. Fürs erste sind, äh, Gettos in allen größeren Städten vorgesehen.«

»Gibt es eine spezielle Gettokleidung?«

»Selbstverständlich. Bart und lange Haare sind Vorschrift, ansonsten Jeans und Pullover nach Wahl. Bei den Frauen besteht absolutes Büstenhalterverbot.«

»Lockt nicht gerade das die Leute an?« warf Staatssekretär Geiling ein.

»Für, äh, Phase 1 wäre das, äh, durchaus in unserem Sinne. Wir organisieren Gettos als Touristenattraktion, hungern sie in Phase 2 – Berufsverbot – aus und gehen dann gezielt zur Flurbereinigung über...«

»Erschießen oder vergasen?« schrie von Trittwitz fröhlich.
»Wann soll die Armee losschlagen? Mein Generalstab brennt darauf, auch Napalm einsetzen zu dürfen...«
»Meine Herren, zum Souper bitte«, schnarrte der kleine Roboter mit dem Madonnengesicht. Die Regierung erhob sich aus den Sesseln. Alle waren gut aufgelegt. Es gab Kalbsmedaillon à la Pompadour mit Spargelspitzen und Holländischer Sauce.
»Ist Ihnen nicht gut, Herr Schleicher?«
Der Außenminister war bisher verdächtig still gewesen. Man sah ihm an, daß ihm etwas schwer auf dem Magen lag. Aber jetzt gab es kein Entrinnen mehr.
»Vielleicht haben Sie mein Zögern in der Angelegenheit bemerkt...«, begann er diplomatisch und wand sich. »Nun, es ist mir sehr unangemehm, Ihnen dieses Geständnis machen zu müssen, weil es eine persönliche Schwäche von mir schonungslos aufdeckt, aber sei's drum..., ich habe Geld, viel Geld, ach, was sage ich, ein Vermögen habe ich angelegt – in eine Kunstsammlung. Bei mir im Palast. Im Keller.«
»Wenn es sein muß, verkaufe ich die Sachen natürlich an die Japaner«, fügte er schnell hinzu.
»Aber wieso denn, mein lieber Schleicher? Sie kennen doch das schöne Sprichwort: quod licet Iovi, non licet bovi«, sagte der Präsident und wiederholte auf deutsch, um es dem Kultusminister, der keine höhere Schulbildung genossen hatte, verständlich zu machen: »Was einem Gott erlaubt ist, gilt noch lange nicht für einen Ochsen.«
»Sehr treffend!« brüllte Kultusminister Schmalz und hieb sich wiehernd auf die Schenkel. »Sie können sich ja ein

paar Verdis, Bölls und Dalis halten – sozusagen als Hofnarren für den intimen Hausgebrauch.«
Einige Minister und Staatssekretäre lachten laut, die übrigen waren bereits an den Spargelspitzen.
»Ich glaube, wir sind der Endlösung der Künstlerfrage ein beträchtliches Stück nähergerückt«, sagte der Präsident schmatzend, »guten Appetit, meine Herren!«
Die Lerche von vorhin flog am offenen Küchenfenster vorbei und schiß kunstvoll in das Kompott. Ob es eine anarchistische Lerche war?

ALLERGIE

Angefangen hat es ganz unmerklich. Eines Morgens stand ich hundemüde wie immer am Waschbecken und putzte mir die Zähne. Ich machte alles vorschriftsmäßig, es ist nämlich das einfachste, alles vorschriftsmäßig zu machen, da kann man weiter müde bleiben, braucht keine schwierigen Entscheidungen zu treffen und der Zeitplan wird eingehalten. Also ich stöpselte den Stecker der elektrischen Zahnbürste in die Steckdose, drehte den Wasserhahn auf, ließ Wasser über die Borsten laufen, schraubte die Tube auf, drückte etwa 3 cm Zahncreme auf die Bürste und wollte eben mit der allmorgendlichen Zahnpflege beginnen, als mir speiübel wurde. Das war mir in letzter Zeit schon öfters passiert, ohne daß ich wußte, woher das kam. Ich roch an der Seife, dann an der Hautcreme, schnupperte am Deo-Spray. Nichts, frisch wie immer. Was mochte das nur sein? Dann kam ich auf die Idee, daß es vielleicht die neue Zahncreme war. Tatsächlich: sie roch eigenartig und schmeckte auch so. Die Zahncreme also! Aber was soll man machen, wenn es nur noch diese eine billig gibt und das Fernsehen sagt, sie sei so besonders gut gegen Karies, Paradentose und Mundgeruch? Und wie ich nochmal daran schnüffelte, fiel mir auf, warum sie mir überhaupt auffiel: sie war supersteril, viel viel steriler als alles andere, was ich bisher kannte. Und plötzlich wurde mir auch klar, warum mir dabei so übel wurde: die anderen Sachen, Kosmetika, Kleidung und Dosenessen, die sind auch künstlich, aber die haben doch wenigstens noch irgendeinen Fantasiegeruch oder -geschmack. Aber rein gar nichts, verstehen

Sie, wenn man überhaupt nichts mehr feststellen kann, ich finde das geht zu weit!
Und da habe ich zufällig in den Spiegel geblickt und wissen Sie, wie ich aussah im Gesicht? Grün, richtig grün wie eine Smaragdeidechse. Da habe ich die Tube wieder zugedreht und mir keine Zähne geputzt, sondern gleich den ultraschockgefrorenen Kaffee-Ersatz geschlürft und ein paar tiefgefrorene Gummibrötchen im Mikrogrill erhitzt.
Nachher, im Büro, ging es wieder. Nur dem Schneider vom Nachbartisch fiel es auf. »Sie sehen heute so krank aus«, sagte er. Aber ich wollte mir nichts anmerken lassen.
»Der Bleigehalt der Luft ist heute wieder über 20«, sagte ich schnell, »vielleicht habe ich zu tief eingeatmet…«
»Unsinn«, knurrte Schneider, »daran gewöhnt man sich doch schnell. Sie haben sicher gestern wieder gesumpft und sind nicht ausgeschlafen.«
Darauf gab ich keine Antwort mehr. Ich mochte ihm nicht sagen, daß ich neuerdings die doppelte Dosis Schlaftabletten nahm, weil der Lärmpegel immer schlimmer wird, seit sie die Bürgersteige weggenommen und die Straßen nun sechsspurig gebaut haben. Und die Weckamine schienen bei mir auch nicht mehr so richtig zu wirken, obgleich ich jetzt jede Stunde eine Pille schluckte.
Ich nahm mir also vor, von nun an nur noch die alte Zahncreme für 12 Mark 50 zu benutzen, auch wenn das einen Umweg von 20 Kilometern bedeutete, weil es die nur noch in einer einzigen Drogerie am Stadtrand gab.
Aber ein paar Tage später wurde mir wieder schlecht. Diesmal beim Mittwoch-Abend-Menu aus der Konserve.

Waren es das Soja-Kotelett oder die Fischmehlerbsen oder gar die Zellulosekarotten, die doch eigentlich zu meinem Lieblingsgemüse zählen?
Ich saß vorm Plastikteller und wurde ganz traurig und benommen. Wie kam das nur? Automatisch schlich ich zum Badezimmerspiegel, um mich zu vergewissern. Das war, wie Sie sich denken können, völlig überflüssig. Natürlich war ich grün im Gesicht, giftgrün wie die italienischen Laubfrösche im Exotarium. War ich wirklich krank? Vielleicht eine Amphibien-Zoonose vom vielen in den Zoo Gehen?

Ich setzte mich still in die Ecke, ließ Radio und Fernseher aus, obwohl doch Feierabend war und man ein Recht auf Unterhaltung hat, und dachte nach. Zum Arzt gehen? Das schied von vornherein aus.
Erstens gehört es sich nicht, in unserer wohlorganisierten Komfortgesellschaft krank zu sein, es ist unschicklich und belastet die Allgemeinheit, und zweitens gab es eigentlich keine echten Krankheiten mehr wie früher, als noch nicht alles so steril war. Was also mochte mir widerfahren sein? Ich schluckte drei Beruhigungspillen und die übliche doppelte Portion Schlaftabletten und beschloß vorm Zubettgehen, morgen in der Mittagspause den betriebseigenen Psychiater aufzusuchen.
»So«, sagte der nach der gründlichen Eingangsuntersuchung, »so, so, Sie werden also immer grün im Gesicht?«
»Immer nicht«, schwächte ich ab, um nicht in den Verdacht zu geraten, krank zu sein, »nur manchmal, bei der neuen Zahncreme und bei Soja-Kotelett, es können auch die Zellulose-Karotten sein...«

Er blickte mich prüfend an und sagte dann mit sehr ernstem Gesicht: »Neigten Sie als Kind oft zu Widerspruch, haben Sie sich gelegentlich gegen Ihre Vorschulschwester aufgelehnt, hatten Sie verbotene Träume, spüren Sie bei der Arbeit unerklärlichen Leistungsabfall?«
Ich war verwirrt. Warum hatte ich ihm nur die Wahrheit gesagt? Hoffentlich machte er keine Meldung bei der Personalüberwachungszentrale...
»Nein, nein«, stotterte ich, »es ist nur, möglicherweise, also ich denke mir... ich habe nur ein wenig zu viel gesumpft in letzter Zeit... die neue Lustmaschine im Automatenbordell und und...«
Der Psychiater runzelte urväterlich die Stirn. »Also, also«, sagte er, »na, dann wollen wir mal in den nächsten Tagen ein bißchen solider leben, wie?« Ich versprach's und schlich zurück an meinen Arbeitsplatz.
Ich machte auch eine Woche lang einen Bogen ums Automatenbordell. Aber, was soll ich Ihnen sagen, plötzlich war es wieder da, dieses seltsame Gefühl, diese undefinierbare Übelkeit von innen heraus. Und wissen Sie wobei? Sie werden es nicht glauben: beim Fernsehen, jawoll, beim »Schmus ohne Grenzen«. Ja, ja, ich weiß, gerade diese Sendung gehört zu den lustigsten Sachen vom Abendprogramm, aber trotzdem: mitten im Lachanfall wurde mir übel. Ich mußte abschalten.
Ohne weiter zu überlegen, zog ich mich aus und wollte ins Bett gehen, mit 5 Glückspillen versteht sich. Und wissen Sie, was ich da im Kleiderschrankspiegel erblickte? Sie werden's nie erraten: ein splitternacktes grünes Männlein. Und der Grüne kam auf mich zu und glotzte so komisch. Und wie ich direkt am Schrank stand, merkte ich, daß ich das grüne Männlein war, grün von

Kopf bis Fuß. Das war ein solcher Schock für mich, daß
ich sofort unter die Dusche rannte.
Abspülen, nur abspülen, all die häßliche giftgrüne Farbe!
Ich schrubbte und rubbelte, bis mir die Haut brannte
und ich nahm nur heißes Wasser dazu, keine Seife und
hinterher auch kein Deo-Spray, ach, war das herrlich.
Wie ganz früher, als man sich noch Zeit nahm für so was.
Gesungen habe ich, jawohl, lauthals gesungen. Und das
Tollste: ich vergaß sogar in den Spiegel zu gucken nachher. Ich schlief herrlich, auch ohne Glückspillen und
Schlaftabletten. Das Getose auf der Straße unten, das
waren keine Autos, nein, das war Brandung. Als Kind
war ich mit meinen Eltern mal am Atlantik gewesen. In
dieser Nacht träumte ich zum erstenmal wieder von
duftendem Zedernholz und salziger Gischt und Dünen
und wolkenlosem Himmel.
Am nächsten Morgen, nach dieser Nacht, wußte ich, daß
mein Leben sich ändern würde. Ich spürte es schon im
Bad: da war ja nichts, da duftete alles gleich steril und
reizlos, sogar der eigene Kot roch nicht nach mir, sondern
nach Plastik. Da, halbnackt am Waschbecken, beschloß
ich einen Versuch. Ich nahm die gelbe Raumlufttablette
zwischen spitze Finger und hielt sie mir unter die Nase.
Dabei kontrollierte ich mein Gesicht genau im Spiegel.
Und richtig: ein leichtes Grün kam auf, nicht so giftig wie
sonst, aber immerhin grün. Im Bruchteil einer Sekunde
kam mir die Erleuchtung: ich dachte intensiv an Soja-
Kotelett. Sofort verstärkte sich das Grün. Als ich mir
Fischmehlerbsen vorstellte, lief das Grün Hals und Brust
hinab. Und als ich an »Schmus ohne Grenzen« dachte,
reichte es bis an die Zehenspitzen.
Doch die Übelkeit, die sonst meine merkwürdige Wand-

lung begleitete, die wollte ich diesmal nicht. Ich dachte ans Meer, an die Burgen im Sand und an die Wellen, die kraftvoll heranleckten, die Wälle überfluteten, bis alles wieder glatt war, weich, samtig, goldocker. Richtig: ein rascher Blick gab die Bestätigung. Das Grün war weg, mein Körper frisch und rosig. Ich weinte vor Freude. Es war schöner, als wenn ich im Lotto gewonnen hätte. Das war ja Allergie, die einzige noch erlaubte Krankheit. Erlaubt deshalb, weil die Ärzte machtlos dagegen waren.
»Allergie, Allergie und grün bis übers Knie«, jubilierte ich und war mir gleichzeitig klar, daß es eine besonders hartnäckige Form von Allergie sein mußte, denn sie kam nicht einfach so, von irgendwas, sondern immer nur, wenn ich an etwas dachte. Schnell probierte ich meine neuerworbene Macht aus. Nacheinander stellte ich mir alle möglichen Dinge des Alltags vor: Deo-Spray, Kantinenessen, Synthetikpullover, Plastiksocken. Jedesmal knallte augenblicklich das wunderbare Giftgrün los. Und wenn ich wieder an den Atlantik dachte, an die Kindheit, ging es weg. Welche Gnade des Himmels. »Sagen Sie, Herr Schneider, stimmt es, daß man bei Allergie sofort Anrecht auf Frührente erwirbt?« fragte ich scheinheilig freundlich im Büro.
»Bei den meisten Formen nicht«, knurrte er, »die sind nur vorgetäuscht und daher vom Psychiater heilbar.«
»Meine nicht«, gab ich dem blöden Schneider zur Antwort.
»Wollen Sie mal sehen?« Ich stellte mich an seinem Schreibtisch in Positur und richtete die Gedanken auf die Arbeit, auf das ewig gleiche, sauertöpfische Einerlei, dachte daran, daß ich noch 25 solcher miesen Jahre vor

mir hatte und jeden Tag die Fahrt durch Mief und
Kohlenmonoxyd, jeden Tag die gleiche Strecke hin und
zurück und abends »Schmus ohne Grenzen«...
»Hören Sie auf!« brüllte Schneider und wich vor mir
zurück.
»Sie sehen ja schrecklich aus, Sie, Sie... grünes Monster!«
»Ich glaube, ich lasse meine Rente an die Atlantikküste
überweisen. Die Luft ist da so gut«, sagte ich und ließ
noch ein bißchen Farbe im Gesicht, um dem Schneider
Angst einzujagen. Und dann ging ich einfach nach Hause
und begann zu packen.
Neulich schrieb mir ein alter Freund, ich lese den Brief oft
am Strand und weiß nicht so recht, ob ich deshalb
beunruhigt sein soll oder nicht. »Stell Dir vor«, schreibt
er, »neuerdings tauchen hier immer mehr Grüne auf.
Man spricht von einer geheimnisvollen Epidemie. Die
Medizin steht vor einem Rätsel und die Rentenanstalten
geraten langsam ins Defizit. Weißt Du, was das bedeuten
soll?«
Ich weiß es. Aber ich halte vorerst den Mund. Ich will die
Dünen genießen und den leeren, goldgelben Strand,
bevor er übervölkert ist.

DER ZEITNEHMER

Eines Tages tauchte er im Hause auf. Niemand achtete übermäßig auf ihn. Er sah zu unscheinbar aus: ein hagerer Mann mit schütterem Haar, Brille und kariertem Polohemd. Sein Gesicht war gewöhnlich und drückte selten eine Gefühlsregung aus. Er sprach nie. So hätte er eigentlich jahrelang unbemerkt zwischen uns leben können, wenn nicht sein Verhalten ganz allmählich äußerst sonderbar geworden wäre.
So sonderbar, daß wir anfingen, über ihn zu munkeln und die Stimme zu senken, wenn er in unsere Nähe kam. Und das merkwürdigste war, daß er wie ein Phantom immer dort auftauchte, wo man es am wenigsten vermutet hätte. Zum Beispiel scharrte es plötzlich am Papierkorb und wenn man unter den Schreibtisch blickte, kam er dort gerade hervor, der unheimliche Stille mit der Brille, zog sich sacht am Hosenbein hoch und blickte einen fragend an aus tiefen braunen Augen. In dieser Stellung konnte er eine halbe Stunde hängen und einen anschauen. Wenn man ihn ansprach und fragte, was er wohl dort unten suche, hielt er blitzschnell ein Stück Papier in der Hand und kritzelte Zahlenreihen in wilder Hast. Danach stand er auf, räusperte sich, nickte einem geistesabwesend zu und verschwand einfach aus dem Zimmer, als ob nichts gewesen wäre.
Oder beim Pinkeln stand er plötzlich am Nachbarbecken. Wenn man zu ihm hinsah, begegnete man wieder diesem seltsam fragenden Blick aus samtweich schummrigen Rehaugen. Diese Augen waren der Magnet, mit dem er ablenkte, das fand ich bald heraus. Denn er pinkelte gar

nicht, ja er hatte noch nicht einmal die Hose aufgeknöpft.
Er hielt die Hände nur so, um etwas vor dem Bauch zu
verbergen: eine Stoppuhr.
Mir wurde der Mann immer unheimlicher. Einmal stand
er im Schrank, als ich gerade meinen Mantel herausholen
wollte. Stand kerzengerade da und glotzte mich an. Ein
anderes Mal lief er mir einen ganzen Vormittag nach,
wohin ich auch ging. Jeden Schritt fühlte ich seinen
bohrenden Blick im Nacken. Um ½ 1 streifte ich mir die
Jacke über und stürmte aus dem Haus, rannte in die
Lebensmittelabteilung eines Supermarktes, wo ich erst
wieder zwischen Joghurt und Streichkäse erschöpft zu
mir kam.
Ich fing an, den Schatten zu hassen, seine eidechsenhaften Bewegungen, die stummen, fragenden Augen. Ich
nahm mir vor, ihn anzusprechen. Am besten nach Feierabend, wenn die meisten gegangen waren, denn neuerdings machte er auch meine Überstunden mit.
Im dunklen Gang, im Winkel zwischen Saa A und Saa B
stellte ich die Falle. Ich schlenderte pfeifend von meinem
Arbeitsplatz ins Dunkle, bog um die Ecke und wartete.
Und richtig, ich hörte seinen Schritt. Ich schnellte herum,
packte ihn am Hemdkragen und schaltete brutal das
Deckenlicht ein. Da sah ich zum erstenmal so etwas wie
Erregung in seinem Gesicht: ein wildes, hilfloses Flackern
wie bei einem verängstigten Tier. Ich schüttelte ihn und
fuhr ihn barsch an. Doch er gab keine Antwort, starrte
mich nur an, aus großen, erschrockenen Augen. Er sah
wirklich nicht gut aus. Ich ließ ihn los. Zwei Minuten
lang standen wir uns gegenüber und atmeten schwer.
Endlich sagte ich: »Ist es jetzt genug?« Er sah mich
traurig an. Dann schüttelte er den Kopf und deutete auf

seine Armbanduhr. »Bitte, bitte«, sagte er leise. Es
waren die einzigen Worte, die ich jemals von ihm vernommen
hatte. Ich verstand: der Mann war ein Besessener.
Ich nahm mir vor, die Sache einfach zu ignorieren.
Mochte er mir nachsteigen oder im Papierkorb sitzen, so
lange er wollte. Ich sah einfach nicht mehr hin, wenn er
auf der Toilette neben mir stand und den Atem anhielt,
damit ich ihn nicht bemerken sollte. Und die Kollegen
machten es ebenso. Eine Weile hielten wir sogar die
reguläre Gleitzeit ein und schummelten kaum in der
Anwesenheitsliste. Denn wir brachten es irgendwie in
Zusammenhang, daß der Stille jedesmal am Feuerlöscher
stand und beim Ein- und Austragen zur Uhr blickte.
Manchmal saß er in der Stellung einer Gottesanbeterin
auf der Zentralheizung und kontrollierte den Fahrzeugbetrieb
unten im Hof. Auch entwickelte er im Laufe der Zeit
eine spezielle Fähigkeit, die uns allen sehr mißfiel: um die
Mittagspause sah man ihn plötzlich in der Kantine, wie
er zwischen Suppenschüsseln, Tellern und Gläsern
watend über die Tische tappte, sich im Schneidersitz
neben den Salat setzte und uns beim Essen zuschaute.
Jeden Bissen zählte er mit. Seine Augen hingen am
Deutschen Beefsteak, an den Bohnen, den Pommes Frites
und jedesmal, wenn man den Löffel zum Mund führte,
schmatzte und schluckte er lautstark mit. Dabei zitterten
seine schmalen Lippen. Nicht etwa vor Hunger oder
Eßlust, nein – er wisperte unhörbare Zahlen, er zählte die
Kaubewegungen mit, die Schlucke aus dem Glas, die
Erbsen auf der Gabel.
Das schlimmste aber kam zum Nachtisch: kaum hatte
man sich mit der Serviette den Mund abgewischt, schob

er das Geschirr beiseite, sah zur Uhr und bekam schlagartig Kummerfalten auf der Stirn.
Wir verzichteten dann meistens auf die Zigarette danach und schlichen bedrückt zurück zum Arbeitsplatz.
Und – was in aller Welt mochte es bedeuten, daß er neuerdings sogar die Telefongespräche mithörte? Er setzte sich einfach bei einem auf den Schoß und drückte das Ohr dicht an den Hörer, um auch ja jedes Wort mitzubekommen. Natürlich umklammerten seine Hände dabei die obligatorische Stoppuhr und den Rechenblock und seinem Mund entströmte das übliche unverständliche Zahlengebrabbel. Der Mensch hing wie mit Saugnäpfen an uns.
Eines Tages war er fort. Spurlos verschwunden. Morgens wunderten wir uns, mittags wurden wir unruhig und gegen Abend machten wir uns ernsthaft Sorgen. Eine Delegation wurde gewählt, ging zur Geschäftsleitung und kam betreten zurück. Der Mann sei in geheimer Mission angestellt, hieß es, so geheim, daß nicht einmal die Geschäftsleitung genau wisse, wofür er eigentlich bezahlt werde.
Das gab Anlaß zu wilden Spekulationen. Wir diskutierten erregt bis weit über den Feierabend hinaus.
Am nächsten Morgen hatten wir alle plötzlich Klarheit. Jeder einzelne merkte es beim Betreten des Büros. Es war eine entscheidende Veränderung eingetreten. Alle Uhren standen still. Der Mann war Zeitnehmer gewesen. Und er hatte seinen Beruf sehr ernst genommen. Für unsere Mißachtung und das Unverständnis für seine Beschäftigung hatte er sich schrecklich gerächt: er hatte einfach die Zeit mitgenommen. Seitdem fehlt sie uns immer.

ANTON

1

Anton gehörte zu jenen bedauernswerten Kindern, die nachsitzen müssen, um Schönschrift zu üben. Darum machte er auch später nicht gern Überstunden. Weil es aber dennoch hin und wieder vorkam, begann er seinen Vorgesetzten zu hassen. Wo sich die Möglichkeit ergab, streute er ihm Reißzwecken in den Weg, sperrte heimtückisch den Treppenaufgang mit Perlonfäden oder ließ kurz vor der Mittagspause aufgeblasene Bäckertüten platzen. Der Vorgesetzte seinerseits revanchierte sich, seine Position nutzend, indem er Anton gelegentlich einen Backenstreich verabreichte. Dies geschah bei der morgendlichen Begrüßung, manchmal aber auch mitten im Gespräch. Nur wenn beide, anläßlich einer wichtigen Konferenz etwa, auf noch Höhergestellte trafen, hielten sie notgedrungen zusammen, verließen wie selbstverständlich Rücken an Rücken den Raum, um den Rohrstockhieben des General-Managers zu entgehen. Im Fahrstuhl wischte man sich den Schweiß von der Stirn, gratulierte sich, wenn man gut entkommen war. Und schon bald danach überwucherte wieder der alltägliche Guerillakampf das gemeinsame Erlebnis. Mit den Strahlen der ersten Frühlingstage führte der Vorgesetzte eine Neuerung ein:
Anton mußte sich nun beim Begrüßungshändedruck leicht nach vorn beugen, damit der etwas kleinere Vorgesetzte einen wirkungsvollen Handkantenschlag in Antons Genick placieren konnte. Antons Frau litt mittelbar unter der Wirkung dieser Schläge. Immer häufiger kam es vor,

daß ihr Mann in plötzlichem Aufbäumen sich über ihre, seiner Meinung nach, beschränkten Kochkünste entlud, beim Abtrocknen einen harmlosen Eßteller mit Karatehieb teilte, oder Gäste beim Kartenspiel biß. Zudem fühlte sich Anton ständig müder. Es stand gar nicht mehr so gut um ihn.

2

Der Vorgesetzte, Sohn eines einarmigen Korvettenkapitäns a. D., stellte sich gelegentlich vor, wie es sein würde, wenn einer seiner Untergebenen eines Tages zurückschlüge. An und für sich war dieser Gedanke absurd. Aber das Schicksal ist unbestimmbar. Konnte nicht der Fall eintreten, daß er durch irgendeinen dummen Umstand beim General-Manager in Ungnade verfiel, daß dieser ihn vielleicht, was das schlimmste war, der Meute der Pförtner, Hilfsfahrer, Klofrauen und sadistischen Kriegsversehrten freigab? Man wußte ja, was insbesondere die Hirnverletzten mit so minderwertigem Menschenmaterial wie Besuchern und Lehrlingen anstellten: Da schloß sich ein Fahrstuhlschutzgitter zu früh, dort fehlte überraschend ein ganzer Treppenabsatz, wieder woanders stand ein Getränkeautomat aus unerklärlichen Gründen unter Strom, oder Wagen fuhren in eben diesem Moment an, da ein Stift zum Bierholen den Hinterausgang verließ. Wenn er bei diesen Vorstellungen angelangt war und sich alle Schrecknisse auszumalen begann, ballte er die Fäuste und ging flippern. Dort sprengte er alle Kästen und schlug sämtliche anwesenden Rocker im Tischfußballspiel zweistellig. Man nannte ihn in diesen Kreisen bald Ole Babutschkin.

3

Als Anton an jenem Tag das Büro betrat, rückten die
Schreibpulte an ihre Plätze zurück und die Akten-
schränke schwiegen betreten. Nur einzig das Telefon
erfaßte die veränderte Situation. Es begann sofort dienst-
eifrig zu schrillen. Natürlich war niemand dran. Anton
hätte normalerweise zuerst verhalten seinen Namen in
den Hörer geflüstert. Dann pedantisch, während sich der
aggressive Unterton in seiner Stimme auflud, hätte er
nacheinander alle Dienststellen-Nebenanschlüsse
gewählt und nach einem möglichen Anrufmotiv be-
fragt.
Doch dies war ein besonderer Tag. Und Anton tat etwas
Unbegreifliches. Er sagte ›na, dann eben nicht‹, wie um
sich seine soeben geäußerte Reaktion noch einmal zu
vergegenwärtigen, die von so ungeheurem Charakter war.
Und fügte, einem endgültigen Richterspruch gleich, noch
hinzu: ›Scheiße!‹
Eisige Stille im Büro. Die Geranien erstarrten in den
Übertöpfen, wagten nicht einen einzigen Fächler mit den
Blütenblättern zu tun. Hitze kreiselte über den Papierkör-
ben. Erste Schweißtropfen traten an Antons Stirn zu-
tage.
Das Räderwerk hatte sich in Bewegung gesetzt. Das
weitere Geschehen folgte unaufhaltsam.

4

Zur gleichen Zeit saß der General-Manager vor seinem
Lieblings-Computer. Er befand sich im Zustand fieber-

hafter Erregung. Zuvor hatte sich die Firmenzentrale in Hanoi per Fernschreiber gemeldet, und ihm die Erlaubnis zu einer Beförderung erteilt. (Eine Planstelle war durch Betriebsunfall frei geworden.) Es war gewiß nicht schwierig, die geeignete Person dafür zu finden. Was aber die Sache jedesmal komplizierte und gleichzeitig einen besonderen Reiz darstellte, war die dazu notwendige Zeremonie von erlesenem Niveau. (Sie stellte gleichzeitig die einzige Beschäftigung des General-Managers dar. Arbeit macht frei!)
Mit zitternden Händen machte er sich ans Werk. Legte Hebel um Hebel um, drückte Knöpfe, drehte Schalter. Im Rausch der aufblitzenden Lämpchen und des Generatoren-Singsangs kam ihm eine merkwürdige Idee zugeflogen.
Er ging sofort zur Ausführung derselben über. Mit Bedacht wählte er nacheinander alle Dienststellen-Nebenanschlüsse an (einschließlich der Schein-Abteilungen). Es war absurd. Dennoch setzte er gerade heute, von einer Vorahnung ergriffen, sein unerschütterliches Vertrauen in die Verwirklichung seines Traumes Nr. 1721 (der Computer besaß ein Archiv seiner Träume). Und er hatte Glück, dort wo er es am geringsten vermutet hatte.
Was dem Ohr des General-Managers entging – der Computer fing es spielend mittels seines perfekten Systems von Abhöranlagen auf:
›Apparat 25 Schein-Abteilung Postversand Ausland Beantwortung von Friedensangeboten nach Schema 507 H 13 Unterabteilungsleiter Anton soeben unbekanntes Wort geäußert. Ich buchstabiere: SCHEISSE Begriffsinhalt wird überprüft‹, meldete er.

Oh, sagte der General-Manager erfreut und ließ das Wort auf seiner Zunge zergehen. Er hatte den Gesuchten auf eindrucksvolle Weise gefunden.

5

Ohne anzuklopfen öffnete Anton die Tür zum Zimmer seines Vorgesetzten. Der hatte bereits Weisung erhalten, stand kreidebleich da, mit kaltem Schweiß auf der Stirn, erwartete Schlimmeres, wich zurück über den Fellteppich, bis seine Schultern die Stecknadelkuppen an der Wandkarte eindrückten, wagte schwach einen Bestechungsversuch, versuchte Stillschweigeabkommen in verschiedener Richtung einzufädeln, verhaspelte sich, fand an diesem Morgen keinen roten Faden; Angst und Neugier.
Es war kein schöner Anblick. Einige Tränen rannen vorschnell. Aber das weitere ging relativ glatt vonstatten. Anton, der ohnehin schon beängstigend schwitzte von all der Aufregung, mußte sich zwischen den letzten Peitschenhieben das Wasser in Mengen aus dem Gesicht streichen. Nach getaner Arbeit hielt er erschöpft inne. Er nestelte seine Krawatte los und lehnte den heißen Kopf an die Fensterscheibe.
Einen Augenblick lang sah er hinab auf das lautlose Treiben unten, sah einen Spielzeuglastwagen das Haupttor passieren, las die Aufschrift ›Wir grüssen die konsumfreudigen Eltern aller Länder!‹ kam sich vor wie ein Fettfleck auf dem konkaven Brennpunkt einer überdimensionalen Lupe. In den Staub der Scheibe war ›Ole Babutschkin‹ geschrieben. Anton malte ein Strichmänn-

chen mit Mondgesicht darüber. Dann zwang er sich ein gewinnendes Lächeln ab und verließ mit der Andeutung eines Kopfnickens das Heiligtum.

6

Der General-Manager wollte sich vor Lachen ausschütten, als er die neue Anweisung las, die dem Elektronenhirn entschlüpft war.

DIE MAUER

Sein Leben war angefüllt mit kleinen, belanglosen Dingen. Einige davon strich er rot an und versuchte sie aufzuheben. Vor andere schob er einen Filter. Die meisten nahm er nicht wahr, sondern fühlte nur.
Da war zum Beispiel die Sache mit dem Vorhang. Jeden Abend zog er ihn vor das Fenster. Und jeden Morgen wieder zurück. Etliche Monate schon. Er wußte kaum noch, wie das vorher gewesen war, damals, als er noch keinen Vorhang hatte. Da hatte wohl der Mond ins Zimmer geschienen. Und manchmal auch Autoscheinwerfer. Wie Lamellenfinger waren sie über die Wand gehuscht, tasteten nach dem Schrank, verschwanden irgendwo in der Ecke. Irgendwann hatte er sich isoliert. War lichtautark geworden. Und hatte den Vorhang zugezogen. Manchmal träumte er von einem Zimmer. Es gab keinen Vorhang dort. Park draußen, wiegende Baumkronen machten ihn überflüssig.
Hier, in diesem Zimmer, aber lag ein besonderer Grund vor, den Vorhang zuzuziehen. Nämlich die Hauswand gegenüber. Diese fensterlose Wand blakte ihn an, schmutziggrau und abgeschliffen ziegelbraun. Deutlich ließ sich an ihr die Etageneinteilung eines abgerissenen Gebäudes erkennen. Tauben nisteten in Nischen und benutzten die Mauervorsprünge als Trippelsteg zum Balztanz.
Es gab Stunden zwischen Feierabend und Dämmerung, da er auf dem Rücken lag und die Mauer betrachtete. Aber auch Augenblicke, wo er bewußt den Anblick mied. Diese Momente nahmen immer mehr zu. Die Mauer

bedeutete mehr als einen Teil seines Gefängnisses. Sie wurde vielmehr Drohpartner, Mahnmal, Horizontverschließer, Überrest, Ruine, mit der die Schminke stirbt. Gras und Moos lappte wieder hinein in die Städte.

Wo ein Straßendurchbruch magistratsseitens geplant und vergessen, mühlten parkende Wagen Sand. Wir müssen wieder werden wie die Kinder, sagte sich der Mann. Die Dimensionen wachsen mit der Realität zur Unwirklichkeit. Eine nackte Post. Ein krankes Altersheim. Ein zerbröckelndes Bürgerhaus. Das Gesicht der geschaffenen Umgebung erweist sich als häßlich. Und Wissen ist es, was die edelmütigen Inschriften makaber werden läßt. Bleischwer lastet die Stadt auf unserem Gefühl. Schatten werden als Ehrfurcht empfunden. Die Stille der Museen und Bibliotheken. Portale des Schweigens. Schulen und Universitäten gebärden sich lauter, versuchen den Ausbruch aus eigener Kraft. Wandinschriften, Agitation, verlaufene Farbe.
Aber hier die brandige Wand einer Mietskaserne. Grau und ziegelbraun, mit Nischen darin, und Eisenträgerresten, Gras, Moossamen. Er konnte, wenn er so dalag, mit beiden Füßen in den Schatten springen. Saugnäpfe. Wenn die Dunkelheit kam, wünschte er sich einen Dia-Projektor. Landschaften, Pornographie, Urlaubsbilder, Nierensteine, Röntgenfotos, Waberlohe, Tick, Trick und Track, Goofy als Feuerwehrmann, Eskimos beim Fischfang, drei Minuten aus dem Leben von John Lennon. Passanten bleiben stehen. Gassigehen. Ein Hund bellt. Mit dem Hut in der Runde kassieren? Nein, besser: Visitenkarten verteilen. Herrschaften, diese Vorstellung erfolgt kostenlos! Es ist damit kein Werbetrick verbun-

den. Genießen Sie in Ruhe. Vielleicht haben auch Sie ein
paar Bilder beizusteuern. Denn heute ist Wunschprogramm.
Aber er besaß keinen Diaprojektor. So blieb die Mauer,
wie sie war. Grau, häßlich ziegelbraun und brandig.
Ein Tag. Der Mann. Bürotag wie jeder andere. Feierabend. Verschwitzte Füße. Da spricht es ihn an. Er dreht
sich um, aber da ist niemand. Dennoch hat er deutlich
eine Stimme gehört. War das in seinem Kopf? Nachdenklich nickt er und betritt das Haus. Er steht am Fenster
und betrachtet die Mauer. Lange blickt er sie an. Und er
wehrt sich nicht gegen den Gedanken, der in ihm keimt
und reift und heranwächst, bis er groß geworden ist, daß
es ihn schwindelt.
Am nächsten Morgen beginnt er mit der Arbeit. Er stellt
die Leiter an und ersteigt schwindelnde Höhen. Ein
Mensch oben erregt immer Aufmerksamkeit. Von nun an
begleiten ihn die Kinder. Ihr Lachen klammert sich an
seine Jacke. Es klettert mit hinauf. Er wirft es zurück.
Sonne wärmt. Ein freier Tag. Glockenton von Avignon.
Das Meer kann nicht weit sein. Erwachsene Fußgänger,
der Briefträger, zwei Möbelpacker bleiben stehen und
beobachten. Noch wird er nicht für verrückt gehalten,
sondern für einen Plakatmaler.

Anwohner verfolgen den Zuwachs an farbiger Fläche.
Nach drei Tagen schließen Lehrlinge des Dentallabors
untereinander Wetten ab. Bei einigen ist er bereits zum
Künstler avanciert. Man bringt seinen Bart und seine
Frisur ins Gerede. Aus der Balkontüröffnung eines Zimmers dringt Orgelmusik vom Tonband. Aber viele Stunden bleiben stumm. Deutlicher als früher schlüsseln sich

die Verkehrsgeräusche auf. Eine Boing 707 zieht himmelwärts, silbern am 33. Stockwerk der Deutschen Bank vorbei. Essensduft verschiedener Küchenluftabzüge weht zu ihm.
In gleicher Höhe mit den Balkonschirmen. Gelb, Rot, Grün. Er arbeitet die Farbtöne mit ein, ohne das Grundkonzept aus dem Auge zu verlieren. Seine Hand sieht für ihn. Tastet über Oberflächenrauh. Klänge einfädeln! Tauben umflattern ihn nervös. Er macht den Kindern den Unterschied zu Ganghofers »Geierwalli« klar. Seine Zuhörer reagieren mit dem Erschrecken, das sie aus der Bonanza-Welt erlernt haben. Aber zugleich treibt etwas Unbestimmbares sie immer wieder dorthin.
Die zufälligen Betrachter, dienstteilige Großmenschen also, reagieren ausdrucksstärker und handgreiflicher. Ein Polizist notiert nach längerem Gespräch. Die Bewachung ist in Aktion getreten. Noch weiß man nicht, gegen welche Paragraphen sein Handeln verstößt. Nach weiteren Tagen hat die Nachricht den Hauseigentümer erreicht. Der übersendet einen bevollmächtigten Frührentner, der sich als Hausmeister ausweist. Als dieser ergebnislos die Verhandlung abbricht, trifft als nächste Instanz der Verwalter ein. Sie übersprechen einen Leiterzwischenraum. Der Verwalter muß den Kopf recken und schwitzt. Er vermeint, ein gutes Recht auf ausführliche Antwort zu haben. Man redet miteinander. Danach verläßt ihn der Verwalter verwirrt und gestikulierend: Kriegserklärung.
Während die sanktionierte Gegenspionage anrollt, nutzt er die Zeit und malt einen Paradiesgarten im maurischen Stil. Eine Werkkunstschülerin spricht ihn an und versucht, verwickelte Kunsttheorien vom Stapel zu lassen.

Er hat aber keine Lust, mit ihr zu schlafen. Dann
erscheint der Hauseigentümer persönlich. Er ist nacheinander wütend, melancholisch, betäubt, rechthaberisch.
Er hält das Ganze für einen Ulk. Und er wittert ein
Geschäft. Man wird handelseinig. Ein Monatsgehalt geht
drauf. Das letzte. Denn die Firma hat inzwischen gekündigt.
Jetzt ist er augenscheinlich vollends übergeschnappt.
Seine Arbeit dauert bereits die dritte Woche an. Er hat
das Büro vergessen. Stattdessen wünscht er sich ein
Gerüst, wie Michelangelo eins besessen haben soll. Die
Leiter reicht nicht mehr. Ein Volontär von nebenan
beginnt mit dem Bau.
Staunen weicht gelangweilten Blicken. Aber er bleibt
schnell. Zeitsimultan. Grüne Inseln wachsen im Paradies.
Schachtelhalme, Seifenblasen blasen, Blütenblasenbebenschmetterling, Taukristallringe, solare Bahnen, Jupiter singt, Andromeda.
Wenn er an die Stoßstange seines Autos gelehnt sitzt,
umgeben ihn Kinder. Er überliefert ihnen die Kalligraphie seines Paradieses, um sich selbst Klarheit zu verschaffen. Kurz nach Vollendung des Kristallmeeres
schreitet das »Gesunde Volksempfinden« ein.
Das Gemälde sei in seiner allzu freien Konzeption
unzüchtig, in höchstem Maße jugendgefährdend und
daher zersetzend. Die erste Runde des Kampfes schließt
mit einer einstweiligen Verfügung, die einem Betätigungsverbot gleichkommt. Aber das stört ihn nicht.
Er übermalt, ergänzt, um zu verschleiern.

Der Begutachterausschuß. Vier Zeilen im Lokalteil der
Wochenendausgabe. Er präsentiert in einem Leserbrief

die Verschleierung als Kapazitätssteigerung von Grund auf. Seine Arbeit rege nun die schöpferische Phantasie an, die in gerade diesem Staatswesen unbedenklich sei, weil sie zu beschäftigten und ausgeglichenen Menschen führe. »Gut«, sagt ein Amtsmann. »Wenigstens bastelt er keine Bomben.« Und die liberale Tageszeitung fragt ihre Leser: »Hat es unsere Gesellschaft wirklich nötig, davon aufgeschreckt zu werden? Die Begleitumstände dieses Falles machen es leicht, zu diesem Schluß zu gelangen!«

Sein Paradies wird nunmehr ins Stadtbild integriert. Noch immer stutzen Fußgänger und Autofahrer. Aber es werden weniger. Man gewöhnt sich an das Bild. Ein Vierteljahr lang betrachtet er seine Schöpfung meditativ vom gegenüberliegenden Balkon. Wenn er durchhält, scheint ihm irgendein Kunstpreis sicher. Eines Morgens überstreicht er die gesamte Fläche mit roter und blauer Farbe. Mit peinlicher Genauigkeit malt er eine Vietkong-Fahne.
Am Nachmittag des nächsten Tages taucht mit Vertretern des Ordnungsamtes und der politischen Polizei ein Krankenwagen auf. Ein Arzt (hauptberuflich Studentenfürsorger) begleitet ihn sanft zum Wagenschlag. Menschenauflauf. Für kurze Zeit. Anschließend verharrt noch eine kleine Gruppe in Diskussion.
»Sie kommen jetzt erstmal in einen netten Raum. Dann unterhalten wir uns in Ruhe. War wohl'n bißchen viel in letzter Zeit?« hört er den Arzt sagen und sieht neue Wände vor sich auftauchen. Wände, Wände, Wände. Sie tauschen nur die Mauern aus. Mauern, Mauern, überall Mauern. Stein um Stein. Betonsperma.

DIE EISQUEEN

Viele hatten ihr Glück versucht. Doch keinem war es bisher gelungen, das Herz der stolzen Herrscherin zum Schmelzen zu bringen. Eine reizvolle Aufgabe für einen Frauenheld wie Sir Frederic.

Eigentlich war es Wahnsinn, bis zum Kristallschloß vorzudringen. Schon in den eisigen Gärten der Königin war so manch Wagemutiger erfroren. Und was einen im kalten Labyrinth des Palastes erwartete, darüber gab es genug Legenden, die das Blut in den Adern erstarren ließen. Und dennoch riskierten es immer wieder welche: Abenteurer, Schürzenjäger, Glücksritter. Wie mein Freund, Sir Frederic, den ich auf der gefährlichen Reise begleitete.
»Richie«, hatte er gesagt, »sie soll das aufregendste weibliche Wesen des Erdballs sein. Allein der Gedanke an sie macht mich wahnsinnig!« »O.k., Fred, du genießt zwar von Machu Picchu bis Pnom Penh den Ruf eines außerordentlichen Casanovas, aber diesmal, glaube mir, diesmal beißt du dir die Zähne aus! Du weißt, was mit den vielen anderen vor dir passiert ist?«
»Die Eisqueen hat sie in willenlose Sklaven verwandelt, gewiß. Aber vor meinem unwiderstehlichen Charme wird sie kapitulieren. Und du, du wirst mir dabei helfen, den blonden Eisberg aufzutauen!«

Und nun standen wir bereits vor dem Portal aus gefrorenen Tränen, hatten das finstere Eismeer überwunden und das Wintermonster in Stücke gehauen. Vor uns glitzerte

schwerelos ein Vorhang aus Millionen klirrender Schneekristalle. Gab es jetzt noch ein Zurück?
Ein seltsames Wesen taucht plötzlich vor uns auf und macht unser Zögern überflüssig. Ein zottiger Yeti, der uns unwirsch heranwinkt. Die Palastwache.
»Schade, daß der Kameraauslöser eingefroren ist«, flüstere ich, »das gäbe eine schöne Ansichtskarte.« Zum Staunen der Fachwelt brummt der Yeti los: »Die Queen erwartet Sie zum Diner. Beeilung die Herren, sonst hole ich mir hier im Zug noch eine Lungenentzündung.«
Frederic nickt mir aufmunternd zu und wir folgen dem Unhold in die Halle. Die lange Tafel ist festlich gedeckt und beladen mit den leckersten Eisspezialitäten. Das Wasser im Munde könnte einem zusammenlaufen, wenn es nicht zu kalt dazu wäre.
»'Nen Augenblick Geduld«, knurrt der Yeti, »die Queen schminkt sich noch. Probieren Sie mal solange unsere Vanillecreme. Aus echtem Grönlandeis!«
Unruhig rutsche ich auf dem kalten Sitz herum. Wenn es noch lange dauert, frieren wir unweigerlich fest. Aber da kommt sie schon. Schreitet herein umgeben von flimmerndem Nordlicht und angetan mit einem solchen Hauch von Kleid, daß mir der Puls stockt. Das ist ja tatsächlich die faszinierendste Frau, die ich je gesehen habe! Auch Sir Frederic, der alte Lustmolch, kommt völlig aus dem Konzept. »Majestät, ich bin entzückt...«, stammelt er, »man hat mir viel von Ihrem Liebreiz erzählt, aber das überschreitet meine kühnsten Vorstellungen!«
»So nicht!« kann ich ihn gerade noch warnen und zwinkere betont lässig der kühlen Blonden mit dem atemberaubenden Dekolleté zu: »Hallo, Queen, nett Sie kennen-

zulernen!« Ihr Blick trifft mich kurz und ich glaube für eine Sekunde in den blauen Fjordseen ihrer Augen das ewige Eis blinken zu sehen.
»Sie scheinen keinen großen Appetit mitgebracht zu haben«, säuselt sie mit einem Seitenblick auf die unberührten Eistörtchen. Und ihre Stimme klingt wie Glockenspiel mit Rauhreif. »Wie wär's stattdessen mit einem Drink?«
»Sehr gern, zum Anwärmen immer!« stimmt Sir Frederic voreilig zu. »Nun gut«, sagt die Eisqueen und mustert uns spöttisch, als sie merkt, welch leichtes Spiel sie hat, »dann folgen Sie mir in den Partykeller. Ich kann da mit einer Reihe bezaubernder Köstlichkeiten aufwarten.«

»Noch bezaubernder als Sie?« raspelt Frederic albern Süßholz und saugt sich mit den Augen an der Schönheit fest. Er wirkt schon irgendwie steif, wie seitlich angefroren. Armer Frederic! Jetzt hat er seine Meisterin gefunden!
Im Keller erwartet uns die nächste Überraschung. Wir werden an endlosen Reihen von Gefrierschränken entlanggeführt. Sie sind alle beschriftet. »Whisky?« fragt die Queen und reicht uns Gläser.
»Mit dem Eis bedienen Sie sich am besten selbst. Jeder Kühlschrank enthält eine andere Sorte. Ich sammle nämlich Eisberge. Dort drüben finden Sie zum Beispiel Packeis aus Spitzbergen – ein besonders guter Jahrgang – welches einer meiner ersten Liebhaber mir besorgte. Ich nehme gerne Geschenke entgegen von meinen Freunden. Wenn Sie das Bedürfnis verspüren, mir einen wirklich seltenen Eisberg zu besorgen, kleiner Frederic...«
Ihre Stimme gleitet sanft wie Schlittenkufen über Neu-

schnee. Und der Schnee – das ist Sir Frederic, eine pulverleichte formbare Masse. Daß wir so schnell untergehen, habe selbst ich nicht erwartet. Ich muß an die Bar. Mixe mir einen Long-Drink: erst Tomatensaft, dann ein paar Eiswürfel, Antarktis oder Labrador, ich schau nicht auf's Etikett, und dann Gin. Und da bin ich schon wählerischer. Old Snowman's Gin muß es sein, meine Lieblingssorte. Vorsichtshalber führe ich immer eine Flasche im Reisegepäck mit. Herrlich, wie's da frisch über's Eis plätschert und sich zärtlich im Tomatensaft vermischt. Ich führe das eisblumenbereifte Glas zum Mund und nehme einen herzhaften Schluck. Das tut gut. Von innen heraus. Sogar der tiefgekühlte Partykeller wird ein bißchen wärmer.

»Ach, Sie mögen auch Old Snowman's Gin?« höre ich die Stimme der Eisqueen. Ihre Arme gleiten mir um den Hals und ich spüre zarte Lippen an meinem Ohr. »Woher wissen Sie, daß das der einzige Zauber ist, dem ich nicht widerstehen kann?«

Frederic starrt mit verharschtem Blick auf die Weltkarte an der Decke. Man sieht deutlich, daß ihn nur noch ein einziger Gedanke ausfüllt: Wo finde ich den passenden Eisberg?

Und die Queen schmiegt sich an mich, warm und weich und überaus weiblich und nippt an meinem Glas. Vorsichtshalber schraube ich noch mal mein Reisefläschchen auf und genehmige uns einen.

»Weißt du, was mich überzeugt hat?« flüstert sie mit solchem Schmelz, daß augenblicklich ringsum Tauwetter einsetzt, »die Sinnlichkeit in deinem Gesicht, wie du den ersten Schluck getrunken hast. Genießt du immer so?«

»Wir können es ja ausprobieren«, antworte ich und ziehe

die schönste Frau, die jemals einem Mann in den Armen lag, an mich heran.
»Wo sind die Eisbärenfelle?«
»Nebenan«, schnurrt die Queen, »aber nimm das Reisefläschchen mit.«
Während Sir Frederic mit dem Yeti zu einer Expedition nach den Lofoten aufbricht, grünt draußen der Frühling los. Für uns.

DIE TRAUMREISE

Im Wartesaal 1. Klasse sitzen die Traumreisenden und tauschen Erfahrungen aus. »Ich bin sicher: der Zug ist längst abgefahren«, sagt einer in der Ecke. Aber man sieht seinem unnatürlich angespannten Gesicht an, daß er lügt. »Überhaupt ist diese Strecke Einbahnverkehr. Es kann nur noch eine Frage der Zeit sein, wann sie generell stillgelegt wird.«
»Warum warten Sie dann hier?« fragt verwundert ein gutmütig aussehender rundlicher Herr mit Nickelbrille.
»Weil ich herausfinden will, ob ich nicht einmal in meinem Leben recht bekomme«, gibt der Mann aus der Ecke zur Antwort und starrt in sein Glas Pernod.
Der rundliche Herr zuckt die Achseln und wendet sich wieder seiner Begleiterin zu, einem jungen drallblonden Ding mit Augen wie staunende Kornblumen. »Ach, ich bin ja so aufgeregt. Eine Traumreise habe ich mir schon immer gewünscht. Endlich, endlich komme ich an das Ziel meiner Sehnsucht. Verstehen Sie, was das für mich bedeutet?«
Der rundliche Herr nickt begütigend. Andere Reisende warten schon seit Tagen. Sie sitzen auf Koffern und fangen an, es sich häuslich einzurichten.
Felix trifft 5 vor 12 erst ein. Nicht, weil er die Hauptperson ist, sondern einfach deshalb, weil er morgens verschlafen und umständliche Umwege mit dem Postbus durch die Provinz zurückgelegt hat.
Wie all die anderen hat er die Traumreise im Preisausschreiben gewonnen. Wie all die anderen ist er ein biß-

chen aufgeregt, aber nicht übermäßig, denn da das Reiseziel so vollkommen unbekannt ist, weiß er nicht so recht, auf was er sich eigentlich freuen soll.
Vorsichtshalber sieht er erstmal um sich: da sitzen einige wohlgeformte Weiber zwischen dem Gepäck, bereit zu Aufbruch und zu Abenteuer. Das mag angenehm werden, denkt Felix, geht einen kurzen heißen Blickkontakt mit einer Leopardin ein.
»Tut mir leid, ich kann keine Bestellung mehr entgegennehmen«, schnarrt der Kellner, »der Zug läuft in wenigen Augenblicken ein. Pünktlich um 12.«
Die Leute springen von den Sitzen hoch. »Was, doch noch? Also habe ich schon wieder Unrecht!« schreit der Mann aus der Ecke und stürmt als erster auf den Bahnsteig.
Gedränge entsteht. Jeder will den besten Platz erwischen. Die Hektik steckt auch Felix an. Er schnappt seinen Koffer und zwängt sich durch die Menge. Im Zug wird es noch enger. Viele Abteile sind überfüllt. Erlebnishungrige Augen starren ihn an. Endlich ein freier Platz. Felix verstaut den Koffer im Gepäcknetz und läßt sich aufatmend ins Polster fallen. Wer sitzt gegenüber? Natürlich das drallblonde Kind von vorhin.
»Sie sehen so kreativ aus – sind Sie auch aus der Werbebranche?« beginnt der rundliche Begleiter mit Nickelbrille das typische Eisenbahngespräch. »Diese junge Dame studiert nämlich Grafik. Sie ist außerordentlich begabt, wissen Sie.«
Blondchen strahlt, der prächtige Busen breitet sich schweratmend aus und die Kornblumenaugen glitzern verheißungsvoll.
Man könnte... nein, lieber nicht, diesen Blick kennt Felix

genau. Er hat ihn etliche Male gesehen und kurz danach wurde immer von Verlobung gesprochen.
»Ich hole mir eben mal was zu rauchen«, entschuldigt sich Felix.
Es drängt ihn hinaus. Im Gang wartet die Leopardin.
»Libidoersatz gefällig?« fragt sie und ihre Brustwarzen erigieren anzüglich unter der hauchdünnen Bluse. Felix starrt sie fasziniert an. Er nimmt die angerauchte Zigarette von ihr, inhaliert einen tiefen Zug und wirft den Rest aus dem Fenster. Ihre vollen, weichen Lippen schmecken besser.
Die Leopardin lacht wild auf. »Wollen wir nächste Station aussteigen, hey wie wärs?« Felix zögert. Rasch wechselt das Mienenspiel der Leopardin. Plötzlich hat sie den Ausdruck einer Korallennatter angenommen, die vor der Beute lauert.
»Traumreise und Traumfrau – das ist wohl ein bißchen zuviel für einen braven Durchschnittsmann?! O.k., mein Lieber, ich will nicht mit dir spielen (ihre Hände tun es aber), die Wahrheit ist: nebenan im Abteil sitzt mein derzeitiger Favorit. Macht gerade Karriere. Ich bin gespannt, wie weit er kommt.«
»Und wenn er nicht weit genug kommt – dann bin ich wohl wieder dran?«
»Vielleicht. Vielleicht kommt das viel früher, als du denkst«, lacht die Leopardin und schlüpft ins dunkle Nachbarabteil. Nur ein Hauch von Opium bleibt zurück im Gang.
Der Zug rast gleichmütig seinem fernen, unbekannten Ziel zu. Landschaft fliegt vorbei, saftgrüne Fetzen von Wiesen und sonnenbeschienenen Hängen, etwas Blaues mit Brücke, Wald, Häuser. Irgendwo winken Menschen.

Ihr Ruf wird verschluckt. Sie sind verschwunden, ehe sie gelebt haben. Jetzt jagt der Zug durch einen Berg. Die automatische Beleuchtung flammt auf und ein Reisebegleiter in der türkisblauen Uniform der Traumfabrik steht wie aus dem Boden gewachsen neben Felix. Mit großer Geste überreicht er eine Visitenkarte. »Sie welden elwaltet, mein Hell, bitte, folgen Sie mil«, sagt er und grinst übertrieben chinesisch. Felix fühlt innere Abwehr gegen den Mann, aber er geht mit. Sie legen gemeinsam eine gute Strecke im schaukelnden Gang zurück. Vor einem Abteil, dessen Fenster wie bei der Leopardin mit schwerem Seidenbrokat verhangen sind, machen sie halt. Der Chinese nähert sein Gesicht in plumper Vertraulichkeit.
»Wenn ich Ihnen laten dalf, mein Hell, so sagen Sie am besten niemals nein in diesem Zug, was auch geschehen mag.«
Ohne die Wirkung seiner Worte abzuwarten, reißt er die Schiebetür auf. Süßlicher Tabakgeruch schlägt ihm entgegen. Durch den Dunstschleier sieht Felix rund um die Wasserpfeife vier elegant gekleidete Herren in den Polstern liegen. Trotz ihrer bestechenden Brillanz sind sie auf den ersten Blick als SS-Männer erkennbar. Einer mit glänzenden hellblauen Reitstiefeln winkt Felix zu sich auf den freien Platz.
»Bitte schön, mein Lieber, machen Sie sich's bequem. Wie fanden Sie die Reise bisher? Gut, das freut uns. Sie rauchen nicht?«
Felix wehrt ab. Er hat ohnehin gegen aufkommenden Brechreiz anzukämpfen. Einer der SS-Männer bemerkt es, er öffnet das Fenster einen Spalt. Der mit den Reitstiefeln setzt das Gespräch fort.

»Sie werden sich fragen, was wir von Ihnen wollen. Das ist schnell getan. Wir wünschen lediglich, daß Sie Ihre Pflicht tun. Sie wissen doch, welchen Auftrag Sie übernommen haben?«
Felix versteht nicht, von was die Rede ist, er spürt nur, wie dumpfe Betäubung in ihm hochkriecht. Und er nickt.
Der andere poliert gedankenverloren einen Fleck an seinem Stiefel. Dann nickt auch er. »Gut«, sagt er gedehnt, »sehr gut. So werden wir also in Zukunft mit Ihnen rechnen können. Viel Erfolg im Zug, mein Lieber, viel Erfolg.«
Er winkt ab. Das Gespräch ist beendet.
Wie in Trance tritt Felix auf den Gang. Der Traumexpreß schießt durch den Nachmittag. Lange Schatten kriechen von den Bergen heran, hüllen den Zug ein. Die Sonne erstickt in einer Rauchwolke.
Es hat sich alles verändert, denkt Felix. Langsam wird die Traumreise zum Alptraum. Man hätte es ahnen müssen, man hätte vorher daran denken sollen, daß immer irgendwo ein Haken dabei ist.
Die Bahn rüttelt und springt in den Schienen. Er hat im Gang plötzlich gegen Reisende anzukämpfen, die mit Koffern und Einkaufstüten vorbeistürmen. »Im vorderen Wagen gibt es Sonderangebote«, hört er die Leute erregt rufen, »und der Fernsehkoch verteilt im Speisewagen Gratisproben.«
»Im vorderen Wagen ist der Heizungskessel. Und der Koch schneidet Menschenfleisch«, raunt eine Stimme. Es ist die Leopardin.
Sie steht nackt in der Tür eines Abteils, aus dem rauchiger Blues quillt. Felix wird angerempelt, er stolpert ins

Abteil und zieht die Tür hinter sich zu. Die Leopardin wiegt ihren braunen Körper im Rhythmus der Musik. Erst jetzt sieht er die Leiche auf dem Fußboden. Es ist der Mann aus der Ecke des Wartesaals. In seiner Brust steckt bis zum Heft ein Stilett.
»Damit wäre seine Karriere beendet«, sagt die Leopardin.
»Sein letzter, aber größter Irrtum.« Sie wirkt völlig unbeteiligt.
»Wer? Warst du's?«
»Ich?« Die Leopardin lacht ihr Bambuslachen. »Nein, irgendein Mann, ich weiß nicht warum, es gab Streit, er trug blaue Reitstiefel.«
Sie legt Felix die Arme um den Hals und schmiegt sich an ihn.
»Komm«, haucht sie, »laß uns das alles hier vergessen. Wenigstens für eine Stunde.«
Er läßt sich bereitwillig in die Dunkelheit der Polster ziehen. Der Blues verebbt, es knackt und knirscht im Lautsprecher. Dann ertönt eine klare, deutsche Stimme: »Wir haben soeben das Kommando für die Traumreise übernommen. Unser Ziel ist erreicht. Der Zug läßt sich nicht mehr stoppen.«

DER ZUG DER ZEHNTAUSEND

»Jetzt, meine Freunde, ist der Tag gekommen, wo es gilt, aus dem Land unserer Väter aufzubrechen!« sprach Eric der Rote und ein feierlicher Ernst, wie wir ihn nie zuvor wahrgenommen hatten, lag auf seinem Gesicht. Stolz und kühn flammte sein Kupferhaar im Licht der untergehenden Abendsonne.
Der düstere Bischof, vor dessen fanatischem Blick alle sich insgeheim etwas fürchteten, erklomm eine kleine Anhöhe und breitete segnend die Arme über uns aus. »Meine Kinder!« hub er an, »auserwähltes Volk des Nordens! Nun werde wahr, was die Vorsehung verheißen hat! Viel zu lange und leichtfertig haben wir uns im Überfluß gesonnt, haben uns vermehrt und vermehrt, bis Nahrung und Raum für alle zu knapp wurden und die Große Prüfung über uns kam. Nun, in der Stunde der schlimmsten Not, werden wir unsere leidgeprüften Körper wieder aufrichten und uns erheben zum HEILIGEN MARSCH, wie es die Ahnen taten in grauer Vorzeit, denn unsere Seelen dürsten danach, die Inseln im Westen, die sagenumwobenen Inseln der Glückseligkeit jenseits des Meeres endlich schauen zu dürfen. Gewiß: mühsam, weit und beschwerlich ist der Weg dorthin und nicht alle von uns werden das Ziel erreichen. Doch wie groß auch die Opfer sein werden: nichts darf uns schrecken, denn der GROSSE UND UNSTERBLICHE GEIST wird mit uns sein!«
Obgleich wir all das lange schon erwartet hatten, ergriff uns doch bei diesen Worten ein Schauer, denn ein jeder wußte, daß er im Morgengrauen die Heimat verlassen, alles Gewohnte für immer hinter sich zurücklassen

würde. Wir schliefen schlecht in jener Nacht.
Am nächsten Morgen aber, mit den ersten Strahlen der Sonne begann unser Marsch. Zehntausend waren es, die sich uns anschlossen, in langen Kolonnen kamen graue, ausgemergelte Schatten die Berge hinab und mit uns zog das Hungergespenst. Unaufhaltsam, selten von einer kurzen Rast unterbrochen, zog es uns voran. Es war, als beseelte uns nur ein einziger Gedanke, der uns weitertrieb, Hunger und Durst und Schlaf vergessen ließ: die fernen Inseln im Westen.
Wenn auch am Ende des Zuges die ersten Kranken und Schwachen ermattet zusammenbrachen – die Gesunden drängten unaufhaltsam weiter. Wir atmeten und unsere Herzen schlugen im Marschschritt des Heeres, eine Lawine aus Leibern war unterwegs, jedes Hindernis überwindend. Am Tag brannte unbarmherzig die Sonne und nachts wiesen die Sterne den Weg. Weiter, westwärts hämmerte das Blut in den Adern.
Vorn an der Spitze der Marschsäule, wo das rote Haupthaar Erics im Wind flatterte, liefen die jungen starken Männer, und ich bemühte mich, in ihrer Nähe zu bleiben, ließ Großvater und Eltern zurück, wurde im Laufen erwachsen, spürte, wie ringsum Familienbande zerrissen und plötzlich nichts anderes mehr zählte, als man selbst und der Marschschritt des gewaltigen Heeres.
Irgendwo vorn sah ich auch den düsteren Bischof, sah ihn laufen mit weitausholenden Schritten, über Steine und Felsgeröll springen, sein Rock war zerschunden und staubbedeckt, aber er schien alles um sich herum vergessen zu haben, sein Blick starrte fanatisch nach vorn, als wollten die glühenden Augen Berge durchbohren und irgendwann vergaß auch ich zu denken, wurde leer,

unendlich leer. Ich vergaß den Hunger, die wunden, geschwollenen Füße, Kameraden, die neben mir umsanken, vergaß ihre Namen, wich Sterbenden und Toten aus, vergaß die Heimat, das Vorher, das Gestern, mich selbst.
Irgendwann erreichten wir die Quellen, frische Bergbäche, die zu Tale rannen, aber wir erfrischten uns nicht, vergaßen auch sie, vergaßen das Trinken, denn wichtiger als alles andere war, daß Wasser zu Wasser floß, dem Meer zu und jenseits, ja jenseits warteten die Inseln der Glückseligkeit.
Wir kletterten die Hänge hinab, hasteten weiter, dem Fjord zu, Geröll stürzte mit uns hinab. Und plötzlich stockte der HEILIGE MARSCH: wir hatten die Grenze erreicht, die Küste. Taumelnd prallten wir aufeinander, stießen zusammen, fielen uns kraftlos in die Arme: das Meer! Das Meer! O göttlicher Ozean!
Ich hatte noch nie die See, so unendliche Wassermassen gesehen. Und jenseits die Inseln – wo waren die Inseln? Hoffnungslosigkeit überfiel mich, ich sank auf die Felsen.
»Dort!« schrie der düstere Bischof und wies weit übers Meer, »dort, dort liegt unser Ziel! Seht: die Vögel wissen den Weg! Immer schon fliegen sie hinaus zu den Inseln: Laßt es uns ihnen gleichtun!«
»Aber wie sollen wir eine so weite Strecke nur schaffen?« wagte ich einen schwachen Einwand, »können wir denn überhaupt schwimmen?«

Die wahnsinnigen Augen des Bischofs schleuderten mir einen vernichtenden Blick zu. »Ungläubiger Wurm!« donnerte er und seine Stimme überschlug sich, »zögert

nicht länger, Brüder und Schwestern! Bis hierher sind wir gekommen, nichts, nichts auf der Welt kann uns jetzt noch aufhalten!«
Und mit einem beispielhaften Kopfsprung stürzt er sich neben Eric dem Roten in die brüllende See. Bevor ich mich noch mit ermatteten Pfoten am Felsrand festklammern kann, beginnen die Massen erneut loszurennen, reißen mich mit, eine Kaskade aus braungrauen, zottigen Pelzleibern bäumt sich auf, wirbelt mit mir durch die Luft und bricht über mir zusammen. Und ich trinke, trinke, trinke...

DURST

Irgendwie war es uns gelungen, dem Ölteppich auszuweichen. Wir ruderten hart den Schatten der schwarzen Küste entlang. Jack hatte sich im Boot halb aufgerichtet und stellte flüsternd Berechnungen an. Natürlich konnte uns niemand hören – wir waren zu weit vom Ufer entfernt – aber es war durchaus verständlich, daß Jack sich so verhielt. Was man in der Stadt gelernt hat, wird man draußen nicht so schnell wieder los. Jack war die Strecke schon einmal gefahren, vor fünf, sechs Jahren, als der Highway noch intakt war. »Es gibt einen Ort dort«, hatte Jack gesagt, »eine Siedlung am Strand. Und was für ein Strand, sage ich Euch: grande playa, die reinste Badeküste, die Leute haben früher Camping da gemacht, im Wald hinter den Dünen. Und sich Essen aus der Stadt mitgebracht übers Wochenende. Oder gefischt. Verrückt, einfach verrückt, sage ich Euch: einmal bin ich mit 'nem Kutter raus zum Krabbenfang. War'n verdammt schöner Urlaub damals...«
Und wir hatten andächtig zugehört und etwas verlegen gegrinst und Bif hatte sich geräuspert und am Kopf gekratzt und endlich gefragt: »Ja, und wo is nu die Pointe? Ich meine: deine Erinnerungen in Ehren, aber woher weißt du, daß es gerade da jetzt Wasser gibt?«
Jack hatte ihn angesehen, aufgeschreckt wie aus einem Traum und sich über die Augen gewischt und heiser geantwortet: »Freunde waren da. Vor zwei Wochen. Mit dem Motorrad.«
»Was denn, an den Sperren vorbei? Du meinst, die Müllgangs haben sie ungehindert durchgelassen?« hatte

Bif erstaunt gefragt und ungläubig die Augen zusammengekniffen. »Und woher in Teufelsnamen, woher war das Benzin?«
»Sie haben mit irgendwas gehandelt, ich weiß nicht wie. Die Leute sind jedenfalls in Ordnung, da lege ich meine Hand für ins Feuer!«
Schweigen war eingetreten und Fred hatte einen kleinen Kerzenstummel nachgezündet, so, als gelte es, die Sache bildhaft zu erhellen und uns nacheinander in die Augen gesehen, jeden einzeln angeprüft und wohl auch Zustimmung gelesen, denn er hatte genickt, so wie er es immer tat, wenn er eine Sache in Ordnung fand.
»O.k.!« hatte er gesagt, »laß es uns mal probieren. Wir starten am besten kurz vor Mitternacht.« Und ohne ein weiteres Wort hatte er sich seitwärts zum Schlafen gelegt.

Wir hatten noch lange wachgelegen und geredet und nach und nach war jeder stiller geworden, seinen eigenen Gedanken nachgegangen und eingedöst.
Und jetzt kniete Jack im Boot vorn und murmelte leise vor sich hin. Plötzlich drehte er den Kopf und sagte: »Es stimmt: da ist die Landzunge, in ungefähr einer Stunde werden wir ankommen.«
Wir glitten näher an die Küste heran. Im Uferhalbdunkel zeichneten sich undeutlich Konturen von Gebäuden ab. Wir mußten aufpassen. Auch wenn wir schon unmittelbar am Ziel wären, würde kein Licht uns verraten, daß hier Menschen hausten, so unvorsichtig war niemand, nachts Fremde anzulocken, schon gar nicht in der Nähe einer ehemaligen Stadt, wo möglicherweise die Beutekommandos einer Müllgang streiften. Nirgends ein Laut,

das Land lag tot und starr zu unserer Rechten. Sicher war das unheimlich. Aber immer noch besser, als wie eine Ratte im Loch in diesem verdammten Drugstore zu sitzen und zu warten und dabei heimlich zu beobachten, wie eine Dose Coke nach der anderen verschwindet.
Außerdem hatten wir genug mit, für etwa eine Woche. Und wenn das immer noch nicht ausreichte, würden wir halt wieder zurück in unsere schmutzige Station, Coke trinken und einen neuen Plan machen.
Fred gab mit dem Ruder das Kommando: wir trieben lautlos der Küste zu. Nach dreißig, vierzig Metern knirschten wir auf Sand. Wir sprangen hinaus und zogen das Boot an Land. Fred blieb freiwillig als Wache zurück, während wir anderen in die morgengrauen Dünen klommen.
Ich mochte wohl eine halbe Stunde durch Sand und verdörrten Strandhafer gestapft sein, als Mark von rechts das Erkennungssignal pfiff. Er stand auf einem Hügel in der ersten fahlen Sonne und spähte angestrengt voraus. Ich kletterte zu ihm hinauf. Tatsächlich war ein dunkler Fleck dicht an den Felsen erkennbar. Möglicherweise eine Feuerstelle.
Wir schlichen behutsam näher. Das Feuer mochte erst zwei, drei Tage alt sein, auch Reste frischgeöffneter Dosen lagen in der Schlacke zwischen den Steinen.
»Die scheinen sich ziemlich sicher zu fühlen, daß sie noch nicht mal Sand drüberschaufeln«, flüsterte ich. Doch Mark hielt mir seine schwielige Pranke vor den Mund. Es knackte nämlich laut und vernehmlich am Waldrand. Wir preßten uns enger an die Felsen und starrten hinüber. Wieder brach trockenes Geäst. Und dann trat ein halbnacktes blondes Mädchen aus dem Unterholz: ging

an uns vorbei, ohne uns wahrzunehmen, schlenderte zum
Wasser, summte ein Lied dabei und wusch sich. Junge,
sie sang einfach »Norwegian Wood« und wusch sich
am Strand, als sei das die natürlichste Sache der Welt.
Als sie fertig war und genau auf uns zusteuerte, standen
wir auf und sprachen sie an. Sie blieb einen kurzen
Moment lang erschrocken stehen, ihr Gesicht verzerrte
sich angstvoll, dann rannte sie los in Richtung des Wal-
des. Sie lief so schnell, daß wir Mühe hatten, sie einzuho-
len. Mark erreichte sie zuerst und hielt sie am Arm fest.
Sie schlug um sich und brüllte wie am Spieß. Ich berührte
sanft ihre Schulter und sprach auf sie ein. »Hey, was ist
los? Wir wollen dir nichts tun.«
Sie brach in hemmungsloses Schluchzen aus und ließ sich
zu Boden gleiten.
»Vielleicht 'n Schock«, brummte Mark, »oder Dope.«
Sie hatte die Arme abwehrend über den Kopf gelegt und
als sie jetzt ganz langsam hochkam und uns ansah,
merkten wir, daß sie blind war.
»Hey«, sagte Mark verwirrt, »wir wollten dir keinen
Schreck einjagen, wirklich nicht. Weißt du, wir dachten,
wir besuchen Euch nur mal, weil... Jack hat gesagt, es
gibt Leute hier... und Trinkwasser.«

Das Mädchen blickte uns mit ihren toten Augen ver-
ständnislos an.
»Ich heiße Judy«, sagte sie, nickte mit dem Kopf zur
Bestätigung und wiederholte: »Ich heiße Judy, ja, ich bin
die Judy...«
»Hör mal«, sagte ich endlich, weil uns das ja alles nicht
weiterbrachte, »wir wollen doch bloß wissen, wo die
anderen sind.«

Das Mädchen hob den Kopf, als lausche sie. Dann wies sie mit dem Arm hinaus auf See. »Sie sind weg«, sagte sie tonlos.
»Weg? Seit wann?«
»Kurz nachdem die Dealer mit den Motorrädern da waren.«
»Und wohin?«
»Es ging alles so schnell.« Wieder wies sie auf das Meer.
»Und gemein waren sie, besonders Greg, ja Greg besonders.«
»Aber«, fügte sie hastig hinzu, »sie kommen wieder, ja, sie holen mich ab, das haben sie der armen Judy versprochen, ja ...«
Mark machte mit dem Zeigefinger eine Geste zur Stirn. Ja, zweifellos war die Kleine irre. Aber ich gab nicht auf.
»Warum sind die anderen weg? Gibt es kein Wasser mehr?«
»Doch, es gibt Wasser«, sagte das Mädchen und sprang auf, »kommt, ich zeige es Euch.«
Mark schüttelte noch einmal den Kopf, aber wir gingen mit, folgten ihr durch den Sand, gingen längs des Waldrands an verbrannten Büschen und krüppeligen Föhren entlang, bis wir eine kleine versteckte Bucht erreichten, wo ein ausgedörrtes Bachbett von den Bergen kommend zur See hin auslief.
Das Mädchen machte sich zwischen allerlei Strandgut, Holz und alten Kisten zu schaffen, schob ein Brett zur Seite und deutete triumphierend auf ein Stück Rohr, das aus den Felsen kam. In der Öffnung des Rohrs steckte ein Maiskolben, der mit einem Bindfaden befestigt war.

Mark zog den Maiskolben heraus und stockte: ein ganz dünnes, winziges Rinnsal tröpfelte aus der Leitung.
Das Mädchen stand plötzlich neben uns. »Mach das sofort wieder zu«, sagte sie und ihre Stimme klang eigenartig fest. In ihrer Hand blitzte ein Messer. »Das ist Judy's Wasser«, sagte sie drohend, »und Judy läßt sich ihr Wasser nicht wegnehmen!«
Mark erhob sich ganz langsam, schlafwandlerisch und sah mich an.
»Komm«, sagte er, »laß uns hier weg, zurück zu den anderen.«
»Was, Ihr seid noch mehr?« keifte das Mädchen. »Ich hab' doch gesagt, das Wasser reicht nur für einen. Für Judy. Also haut jetzt endlich ab, los, verschwindet!«
Sie hob das Messer. Wir nickten und machten uns stumm auf den Rückweg.
Wir trafen die anderen am Boot.
»Fehlanzeige«, sagte Mark. Und Fred schien nichts anderes erwartet zu haben. »Ist schon gut«, sagte er, »laßt es uns weiter oben noch mal versuchen, vielleicht haben wir Glück.«

NEBEL

»Wie ist es denn draußen?« fragt die Frau und rekelt
sich.
Der Dichter steckt den Kopf zum Zelt hinaus.
»Nebel, noch mehr Nebel als gestern. Die reinste Waschküche.«
Das Kind grunzt wohlig im Schlaf. Von der warmen
Flußmündung her treiben weiter Dunstinseln heran,
tasten sich um Zelte, fransen auf, spülen Autos entlang,
wabern Campingbusse ein. Ertrunken im Dunst sind
auch die Wipfel der Bäume. Nur selten blaken Stämme
wie Masten aus dem Wolkenmoor. Ein, zwei Wohnwagen
schimmern als Halligen aus dem diffusen Grau.

Im Zelt ist es feucht, warm und gemütlich. Kondenswasser rinnt beständig die Plane hinab. Das Treibhausklima
bekommt den Pilzkulturen besonders gut. Sie sind in den
letzten Tagen beträchtlich gewachsen, wuchern schwammig die Zeltstangen hinauf. Man hat sich nicht nur daran
gewöhnt, sondern liebt inzwischen ihren waldigen
Geruch und Geschmack.

Daß ab und zu herumirrende Wanderer auf der Suche
nach ihrem Zelt anklopfen, gehört ebenfalls zum Alltag.
Man trinkt einen Kaffee zusammen und versucht, mit
feuchten Fingern feuchte Streichhölzer für die Zigaretten
zu entzünden. Man hat Zeit, man plaudert.
»Neulich war ich mal vorn an der Rezeption«, sagt der
nette ältere Herr mit Goldbrille und Schirmmütze. »Wissen Sie, was der Platzwart meint?« Er macht eine Pause,

um die Spannung zu steigern. »Es soll wieder Licht geben! Und zwar, sobald der Störtrupp von den Kraftwerken durchgekommen ist.«

»Aber«, der nette ältere Herr lutscht lange nachdenklich an seinem feuchten Löffelbiskuit, bevor er weiterspricht, »was ich mich dabei eigentlich nur frage: wie wollen denn die überhaupt das Eingangstor finden? Bei dem Nebel! Wo wir es doch selbst nicht mehr sehen?«

Nebenan lacht Sophia Loren ihr neapolitanisches Hafenlachen, ein französischer Dialog flackert auf und irgendwo räumt eine spanische Großfamilie im Dunkeln ihre Wohnung um.

»Ach«, sagt der Dichter, »mich kümmert's nicht, ich finde unseren Zustand geradezu wohltuend. Selbst das Fernsehen ist ertrunken«, er lacht.

Der nette ältere Herr mit Goldbrille und Schirmmütze nickt versonnen. »Stimmt, man kann's schon aushalten hier. Nur schade, daß jeder Urlaub mal zu Ende geht.«

Die Frau hat ihm inzwischen ein Essenspaket gepackt. Dankbar tappt der Besuch wieder hinaus ins Ungewisse.

Ein anderer Gast erzählt, daß er vorige Woche per Zufall die Toiletten entdeckte. Ganze Familien, die es aufgegeben haben, nach ihrem Zelt zu suchen, sollen sich fröhlich unter den Waschbecken häuslich eingerichtet haben. Not gibt es keine, da auch hier die neuen anregenden Pilze ein enormes Vorkommen erreicht haben.

Der Dichter und seine Frau beschließen, bald eine Expedition dorthin zu starten. Möglicherweise ergibt sich daraus ein interessanter Erfahrungsaustausch über das Wachstum der köstlichen Zeltschwämme. Außerdem könnte man eventuell in den Waschbecken eine Zucht der

neuerdings in den Pfützen lebenden merkwürdigen
Fischarten anlegen.
Das Kind, vom Pläneschmieden aufgeweckt, beginnt
freudig sein Reisetäschchen zu packen und will sofort los.
»Nein, nein«, sagt der Dichter, »laßt mich erstmal meinen Rundgang machen, nachsehen, ob die Wassergräben
tief genug sind.«
»Vergiß die Angelschnur nicht!« ruft die Frau. Seit das
Meer im Nebelozean versunken war, hatte man eine neue
Verwendung für die Leine gefunden. Zuerst angelte man
das Kind nach dem Spiel im Freien daran zurück ins Zelt,
später, als der Nebel immer dichter wurde, diente die
Schnur allen als Ariadnefaden für eine glückliche Heimkehr aus dem Labyrinth draußen.
Nahe am Eßtisch treibt träumerisch ein blaues Plastikschlauchboot vorbei. Der Nebel ist inzwischen noch stärker geworden. Man sieht den Boden unter den Füßen
nicht mehr. Beim Laufen hat man das angenehme Gefühl
zu schweben.
»Guck mal, die Wattebäusche tragen mich!« ruft das
Kind und reitet auf einer kleinen Dunstwolke. Und wie
zur Bestätigung schwimmt schwerelos ein Anhänger mit
Klappzelt vorüber.
»Ich glaube, wir schlafen erst noch eine Nacht«, sagt die
Frau.
»Vielleicht kann man morgen mehr erkennen. Und
außerdem schaukelt das Zelt so schön.«
Da steigt auch der Dichter zurück ins Wasserbett, ergibt
sich genüßlich dem Schwanken der Luftmatratze und
beschließt, sich für heute weiter keine Gedanken mehr zu
machen über das Wasser und die Geschichten zum
geplanten Wasserbuch.

»Juchhuh!« ruft das Kind aus seiner Schlafkoje. »Wir sind jetzt ganz in Watte eingepackt. Man hört nicht mal mehr den Krach, den das Meer sonst macht!«
»Ruhig, schlaf jetzt«, sagt der Dichter und alle gleiten in sanfte Träume hinein.

Zur gleichen Zeit steht ein Junge im strahlenden Sonnenschein am Meer und fängt Krabben. Er ist so vertieft, daß er die große runde Wolke nicht sieht, die über seinem Kopf am Himmel entlangzieht. Nur einmal, ganz kurz, hätte er es aufblitzen sehen können – ein quittegelbes Segeltuch mit grünen Gardinen – bevor das Nebelgespinst wieder dicht und fest verwoben alles verbirgt.

Carl Friedrich Treber
Sächsische Kindheit

Herausgegeben von Hannes Schwenger

„Wer die Lößnitz kennt und die Wahndorfer Kirschen etwa, der findet den Weg über Dippelsdorf in den Friedewald. Dort ist meine Heimat, nicht weit vom Spitzhaus befindet sich bestimmt heute noch mein Geburtshaus. Der Laden meiner Tante müßte nach menschlichem Ermessen auch noch vorhanden sein, unterhalb einer Windmühle. Vielleicht kennt man auch die uralten Eichen am Rand des Friedewalds, man gelangt an ihnen vorbei zum Auer, dann, wenn man will, zur Mistschänke oder nach Weinböhla, wo ich auch zuhaus war."

Rogner's Edition bei Ullstein

Helmut Maria Soik

Exkurs über die mögliche Existenz der Hölle

»Photographies du temps passé«

Long-Poems
Auswahl und Vorwort Jörg Fauser

„Wo sind Jene, die damals die Hölle durchschritten? Sulamith, die Dichterin aus Israel, trägt immer noch eine bläuliche Nummer überm Handgelenk, vom weiten Ärmel ihres Pariser Abendkleides verdeckt…"

Rogner's Edition
bei Ullstein

Thomas Ayck
"Luftsprünge"

Geschichten einer Liebe

„Natürlich erwartet sie, daß ein Geliebter ihre geordneten Verhältnisse stören würde, aber wenn man etwas vom Leben haben wollte, dann mußte man auch bereit sein, alles Geregelte, die Familie also, den Mann, die beiden halbwüchsigen Kinder in Frage zu stellen, ja, dann mußte sie doch einmal sehen, ob sie nicht etwas versäumt hatte in ihrem Leben."

Rogner's Edition bei Ullstein

Georg Walther Heyer

Lore, zum Beispiel

(Eigentlich kein Roman)

…müßte demnächst neunundfünfzig sein. Damals war sie siebenundzwanzig, was man ihr jedoch jahrelang nicht ansah, sie hatte immer so etwas Maidenhaftes. Strohsterne, Blockflöte, Theodor-Storm-Verse. Apfelbäckchen, dreißig Jahre Garantie, sagte Angelika, die ihrerseits Sommersprossen hatte und grüne Augen und blondes Haar wie auf einem Haarwaschmittelwerbeplakat und eigentlich ein Teufelsbraten war oder zumindest sein wollte.

Rogner's Edition

bei Ullstein

Karl Günther Hufnagel

›Die Liebe wird nicht geliebt‹

Franz von Assisi

… da er in glühendem Flehen vor Gott begriffen war, kam ihm die Antwort:

„Franz, was du bisher fleischlich geliebt und begehrt hast, das mußt du verachten und hassen, wenn du meinen Willen erkennen willst. … so wird dir unerträglich und bitter sein, was dir zuvor liebwert und süß erschien; und aus dem, was dich vorher erschauern machte, wirst du tiefes Glück und unermeßlichen Frieden schöpfen."

So im Herrn gestärkt, begegnete er, nahe bei Assisi, einem Aussätzigen. Bisher hatte er vor solchen einen mächtigen Ekel empfunden. Aber siehe, nun stieg er, sich Gewalt antuend, vom Pferde, reichte jenem einen Gulden und küßte ihm die Hand. Auch jener gab ihm den Kuß des Friedens. Und so bestieg er wieder das Pferd und ritt weiter. Von da an begann er immer mehr, sich zu verachten.

Rogner's Edition bei Ullstein

Rogner's Edition bei Ullstein
© Verlag Ullstein GmbH, Frankfurt am Main/Berlin/Wien
Buch Nummer 18
Alle Rechte vorbehalten
Einband und Typographie Zembsch' Werkstatt, München
Satz aus der Baskerville-Antiqua
Papier von Papierfabrik Schleipen
Gesamtherstellung: Augsburger Druck- und Verlagshaus GmbH
Printed in Germany 1980
ISBN 3 548 38518 4

Dezember 1980

CIP-Kurztitelaufnahme der Deutschen Bibliothek

Braem, Harald:
»Ein blauer Falter über der Rasierklinge« / Harald Braem. –
Frankfurt am Main, Berlin, Wien :
Ullstein, 1980.
  (Rogners Edition ; Buch Nr. 18) ([Ullstein-
  Bücher] ; 38518,)
  ISBN 3-548-38518-4